BIANCA CAPELLO

OU

VENISE ET FLORENCE

AU XVIe SIÈCLE

PAR ANQUETIL

AVEC UNE PRÉFACE

PAR ALEXANDRE DUMAS

TOME PREMIER

BRUXELLES

IMP. ET LITH. DE CH. VANDERAUWERA
Montagne-aux-Herbes-Potagères, 25

1855

BIANCA CAPELLO

OU

VENISE ET FLORENCE

AU XVIe SIÈCLE

BIANCA CAPELLO

OU

VENISE ET FLORENCE

AU XVIe SIÈCLE

PAR ANQUETIL

AVEC UNE PRÉFACE

PAR ALEXANDRE DUMAS

TOME PREMIER

BRUXELLES

IMP. ET LITH. DE CH. VANDERAUWERA

Montagne-aux-Herbes-Potagères, 25

1853

PRÉFACE

DE

M. ALEXANDRE DUMAS.

Comment j'aurais dû faire le roman de Bianca Capello, et comment c'est M. Anquetil qui l'a fait.

Il y a en Italie deux villes essentiellement italiennes : Venise et Florence.

Turin, c'est la France ; — Milan, c'est la Lombardie ; — Naples, c'est la Grèce ; — quant à Rome, elle est restée romaine.

Venise et Florence, au contraire, c'est le moyen âge italien.

Je n'ai jamais vu Venise et j'ai demeuré trois ans à Florence. — Comment n'ai-je jamais vu Venise? Demandez à M. de Metternich.....

Deux fois je me suis présenté à la frontière, et deux fois j'y trouvai ma réputation de républicain si bien établie que force me fut de m'en retourner d'où je venais.

Il est vrai qu'à mesure que M. de Metternich s'entêtait, je m'entêtais aussi.—Il avait résolu que je ne verrais pas la reine de l'Adriatique, comme l'appellent les poëtes, et j'avais décidé que je la verrais.

En effet, à la troisième fois j'eusse très-probablement mis en défaut la police autrichienne, si un incident indépendant de la volonté de sa majesté impériale ne m'eût arrêté en route.

Voici le plan que je m'étais fait.

Au lieu de partir de Florence ou de Milan, comme j'avais fait jusqu'alors, je partais de Rome gagnant sournoisement Ancône par Foligno. Une fois à Ancône, je frêtais une barque, et vogue la galère! — La police était peut-être plus douce sur mer que sur terre.

Malheureusement, je comptais sans mon hôte. — Je puis parler ainsi puisqu'à ce moment j'étais l'hôte du pape Grégoire XVI, et que c'était, cette fois, le pape Grégoire XVI qui devait faire avorter mon dessein.

Comment étais-je l'hôte du pape Grégoire XVI, et comment, malgré l'hospitalité qu'il venait de m'accorder si gracieusement à Rome, devait-il si cruellement mettre obstacle à mes projets sur Venise? — C'est ce que je vais raconter à ceux qui auront le moins du monde le désir de le savoir.

J'ai dit ma réputation de républicain, qui m'avait déjà fait rebrousser deux fois chemin : une fois à Ferrare, et cette fois-là je venais de Milan; une fois à Padoue, et cette fois-là je venais de Florence.

Cette réputation m'avait précédé en Italie.

Il est vrai que la chose se passait en 1835 et que, de 1830 à 1835, j'avais été de toutes les émeutes, de tous les clubs, de tous les comités; aussi me doutai-je, au moment de partir pour l'Italie, que j'aurais maille à partir avec la police pontificale qui, à cette époque, le disputait en susceptibilité à la police autrichienne.

Je résolus donc de faire viser mon passeport pour Rome, et cela plutôt deux fois qu'une.

Je m'informai à la préfecture de police du nom dont on appelait M. le nonce du pape et de la rue où il demeurait.

Il s'appelait Monsignor Garribaldi

et demeurait rue Saint-Guillaume, 17. J'avais déjà deux amis qui demeuraient dans cette maison de la rue Saint-Guillaume n° 17 : un roi et un prince.

Sa Majesté Lamartine, Son Altesse Florestan Ier.

J'allai trouver ces deux amis, et les priai de me faire un troisième ami de leur voisin Monsignor Garribaldi.

L'un monta du rez-de-chaussée, l'autre descendit du second, et je fus présenté à Monsignor Garribaldi au nom des deux grandes puissances de ce monde : l'aristocratie et l'intelligence.

Monsignor Garribaldi était un petit homme, court, replet, avec un habit noir, veste noire, culotte noire, de gros mollets, de grosses cuisses, de petits genoux, de petits pieds, des mains grasses et blanches, des joues rebondies et roses.

Il vient de mourir, le pauvre cher

homme ! et dans des circonstances assez peu orthodoxes, à ce que l'on assure.

Dieu fasse paix à son âme !.....

Mgr Garribaldi me sourit, me tendit sa main blanche, me jura que jamais il n'avait été question de m'empêcher d'entrer en Italie, me visa mon passeport, me reconduisit moi et mes deux parrains avec force tendresse ; mais, la porte refermée derrière moi, il trotta vers son bureau de toute la vitesse de ses petites jambes, et écrivit à M. le cardinal Bernetti, que ce païen, cet hérétique, ce parpaillot d'Alexandre Dumas partait pour Rome, et qu'il était urgent de l'empêcher de pénétrer dans la ville sainte, sans quoi il ne répondait pas du saint-siége pendant vingt-quatre heures.

Le cardinal Bernetti prit peur. Sans être cardinal on se fût effrayé à moins. Il donna l'ordre de ne point me laisser passer à Acquapendente ni à Monterosi, en supposant qu'on m'eût manqué à Acquapendente.

Acquapendente est un ouvrage avancé sur la route de Sienne à Rome; Monterosi est le mur d'enceinte.

Or, quoiqu'il y ait deux routes pour aller de Florence à Rome, on prend toujours la route de Sienne, et, par conséquent, celle d'Acquapendente et de Monterosi, qui est la moins pittoresque.

Pourquoi la prend-on? me demandera le lecteur.

Mais, parce qu'on la prend; — il n'y a pas d'autre raison.

Oh! la belle histoire que celle des moutons de Panurge....

Le hasard ou plutôt ma bonne fortune fit que je ne suivis pas le troupeau.

Qui me valut cette chance? Un grand peintre, le Pérugin.

Je m'étais pris de fanatisme pour le

maître de Raphaël, et l'on m'avait dit qu'à Pérouse, sa patrie, je trouverais les plus belles fresques qu'il eût peintes.

Je fis donc marché avec un vetturino et je partis pour Pérouse. La route de Pérouse est la seconde route de Rome ; la plus curieuse, la plus pittoresque, celle que l'on ne prend jamais.

Le cardinal Bernetti n'avait pas eu l'idée, si païen, si hérétique, si parpaillot que je fusse, que je prendrais la route de Pérouse.

Il avait donc oublié d'envoyer à Pérouse l'ordre de m'arrêter comme il avait fait à Monterosi, à Acquapendente.

Il en résulta que je passai.

Je faillis bien tomber dans une bande de voleurs, mais, par chance, la bande de voleurs tombait elle-même, en ce moment là, dans une escouade de carabiniers. Il en résulta que j'eus l'avantage, au lieu de les rencontrer le pistolet au poing, de les voir suivre la même route que moi, les menottes aux pouces et la corde au cou.

J'arrivai à Rome; — j'y restai huit jours sans être inquiété le moins du monde; — puis je partis pour Naples où je restai vingt-quatre heures; — puis pour la Sicile où je demeurai trois mois; — puis je revins à Naples où l'on m'arrêta; — puis à Rome où, sous la protection du gouvernement pontifical, je séjournai quinze autres jours, plus tranquille que jamais.

J'ai le cœur naturellement reconnaissant : j'étais plein de reconnaissance pour ce bon Monsignor Garribaldi, qui m'avait fait un repos égal à celui que faisait Auguste aux bergers de Virgile.

Je résolus d'en remercier le pape Grégoire XVI.

J'allai trouver notre ministre-résident à Rome. — Nous n'y avions pas d'ambassadeur à cette époque : — ce ministre-résident, c'était le marquis de Tallenay, aujourd'hui, je crois, résident à Hambourg, et je lui exprimai mon désir de voir le pape.

La chose alla sur des roulettes ; le lendemain j'avais mon audience ; trois jours après, je montais l'escalier du Vatican ; dix minutes après avoir monté l'escalier, je baisais la main de Grégoire XVI qui n'avait pas voulu absolument me laisser baiser sa mule, que, dans mon humilité, je voulais baiser à toute force.

On trouvera plus tard et ailleurs les détails de cette entrevue. Elle fut assez curieuse pour que je puisse dire d'avance qu'elle appartient moitié aux mémoires moitié à l'histoire.

Nous nous quittâmes grands amis, le pape et moi. Il m'avait recommandé, chaque fois que je reviendrais à Rome, de ne pas manquer de l'aller voir, et je m'y étais engagé. Il m'avait donné des indulgences pour une de mes cousines qui était très-dévote, et des chapelets à pleines mains pour toutes mes connaissances.

Je partis de Rome littéralement comblé de ses dons.

Il s'agissait d'aller à Venise.

Aller à Venise, c'était pour moi le treizième travail d'Hercule. Venise c'était ma Corinthe, et l'on sait que, dans l'antiquité, il était permis à peu d'élus d'aller à Corinthe.

J'avais lu tout ce que l'on avait écrit sur Venise, depuis l'histoire de M. le comte Daru jusqu'au Marino Faliero de Casimir Delavigne.

J'avais étudié tous les plans de Venise, depuis celui du Vatican jusqu'à celui du ministère de la guerre.

Enfin, je voulais faire un roman sur Venise.

Mon sujet était même tout trouvé.

C'était Bianca Capello.

Il ne me manquait que la connaissance des localités et c'était cela surtout que j'allais chercher à Venise.

Or, comme je l'ai dit, j'avais toute espérance en me présentant à Venise par Ancône, que je serais plus heureux que je ne l'avais été en m'y présentant par Ferrare et par Padoue.

Mon itinéraire était tout tracé : Monterosi, Foligno, Ancône.

Je revenais comme j'étais allé, en vetturino.

Le soir de la première journée, mon conducteur s'arrêta à Monterosi.

Comme il était encore de bonne heure, je profitai de ce qui restait de jour pour aller voir les curiosités de la ville.

Pendant que j'essayais de déchiffrer une mauvaise inscription, en mauvais latin, sur le piédestal d'une mauvaise statue, un homme s'approcha de moi et me toucha l'épaule.

Je le pris à cette familiarité pour un cicérone cherchant pratique.

Je me trompais, c'était un homme de la police cherchant un voyageur suspect.

Ce voyageur suspect, il l'avait trouvé : c'était moi. — Après m'avoir interrogé sur mes nom, prénoms et qualités, et avoir agréablement agité la tête de haut en bas à chacune de mes réponses, il m'invita à le suivre à la police où, grâce aux soins de mon vetturino, mon passeport m'avait déjà précédé.

C'était ce diable de passeport qui m'avait dénoncé.

On se rappelle que l'ordre de ne

point me laisser arriver jusqu'à Rome avait été donné à Monterosi.

Je suivis mon homme assez tranquillement, quoiqu'en Italie l'invitation de passer à la police ait toujours quelque chose de sinistre et de ténébreux ; mais, j'étais dans les États de sa sainteté, et il y avait deux jours que j'avais été reçu par elle ; j'en avais été comblé de bontés et de chapelets : je me croyais donc en état de grâce.

Je me trompais du tout au tout.

J'entrai dans un cabinet fort sale, où je trouvai un monsieur plus sale encore que son cabinet, qui me reçut assis et le chapeau sur la tête.

Je pris une chaise et je tirai ma casquette jusque sur mes oreilles.

C'est en Italie, surtout, qu'il ne faut point avoir pour les autres les égards qu'ils n'ont point pour vous.

Le monsieur me regarda, je regardai

le monsieur : il resta un instant sans parler, je gardai le silence ; enfin, il prit dans une liasse de papiers, un dossier à mon nom, et se tournant de mon côté :

— Vous êtes monsieur Alexandre Dumas, me dit-il.

— Oui, monsieur.

— Auteur dramatique ?

— Oui, monsieur.

— Et vous vous rendez à Venise ?

— Oui, monsieur.

— Pourquoi faire ?

— Vous êtes bien curieux.

— C'est mon état.

— Comme le mot n'est pas trop bête, je vous répondrai : je vais à Venise pour faire un roman.

— Ah !... Eh bien, monsieur, j'ai l'ordre de vous faire conduire hors des États de sa saintcté dans le plus bref délai possible.

— Si vous voulez vous donner la peine de regarder mon passeport, vous verrez que votre ordre s'accorde merveilleusement avec mon désir.

— Mais votre passeport est visé pour Ancône, et comme la frontière la plus rapprochée est celle de Pérouse, vous ne vous étonnerez point que je vous fasse prendre le chemin de cette ville.

— Comme vous voudrez, monsieur; j'irai à Venise par Bologne.

— Oui, mais j'ai encore à vous signifier qu'en remettant les pieds dans les États de sa sainteté, vous encourez cinq années de galères.

— Soit; j'irai par le Tyrol, j'ai le temps.

— Vous êtes de bonne composition, monsieur.

— J'ai l'habitude de ne discuter les lois qu'avec ceux qui les font, de ne résister aux ordres qu'en face de ceux qui les donnent, de ne me regarder comme insulté que par mes égaux, et de ne demander satisfaction qu'à ceux qui se battent.

Le monsieur se mordit les lèvres. Il ne perdait pas un mot de mes réponses : je parlais le toscan, comme on dit là-bas, avec une bouche romaine.

— Soit, répondit-il, et maintenant faites-moi le plaisir de me signer ce papier.

— Voyons, d'abord.

Il me le présenta.

Je lus, je haussai les épaules, et je rejetai le papier sur la table.

C'était la reconnaissance que l'ordre d'expulsion m'avait été signifié, l'aveu que je faisais d'avoir mérité cette décision, et l'engagement que je prenais de ne jamais remettre les pieds dans les États romains, sous peine de cinq ans de galères.

— Vous refusez, monsieur, me demanda le policier.

— Pardieu! si je refuse...

— Trouvez-vous bon que je fasse entrer deux témoins pour constater votre refus?...

— Faites entrer...

Les témoins, qui attendaient probablement à tout hasard, entrèrent et servirent à un double emploi. Non-seulement ils constatèrent mon refus, mais me donnèrent une attestation comme quoi j'avais refusé.

Je pris à mon tour une feuille de papier, et j'écrivis cette lettre courte mais énergique à M. de Tallenay:

« Mon cher marquis,

» Après m'avoir reçu par votre in-
» termédiaire, après m'avoir comblé
» de bénédictions et de chapelets, sa
» sainteté me fait arrêter à Monte-

» rosi et reconduire jusqu'à la fron-
» tière.

» Je trouve la plaisanterie par trop
» temporelle, pour le chef spirituel
» de l'Église.

» Je vous préviens que, si je n'ob-
» tiens point prompte réparation de
» cette injure, je vous extermine vous
» et votre pape, à mon retour en
» France, dans le premier journal qui
» me tombe sous la plume.

» Tout à vous,

» ALEXANDRE DUMAS. »

— Maintenant, dis-je au monsieur en question, chargez-vous sur votre responsabilité de faire parvenir cette lettre. Elle est tout ouverte, la police romaine n'aura donc pas besoin d'en briser le cachet.

Le monsieur lut la lettre : non-seulement il n'y avait pas d'indiscrétion, mais je désirais même qu'il la lût. Après en avoir commenté l'esprit jusqu'à la dernière ligne, il se tourna de mon côté :

— Vous avez été reçu par sa sainteté? demanda-t-il.

— Oui.

— Quand cela?

— Hier, parbleu! et voici la lettre de Monsignor Fieschi qui me fixe le jour de cette audience.

— Cependant vous êtes bien M. Alexandre Dumas.

— Je le crois...

— En ce cas je n'y comprends rien.

— Soit, mais comme ce n'est point votre état de comprendre, ayez la bonté, monsieur, de vous borner à faire votre état.

— Alors mon état, monsieur, est de vous faire reconduire hors de la frontière.

— Faites, monsieur; seulement ordonnez que mes effets soient déchargés de la voiture qui me conduisait à Venise et faites venir un Vetturino.

— Mais je ne dois pas vous cacher, monsieur, que deux carabiniers vous reconduiront jusqu'au lac Trasimène et qu'il ne vous sera permis de vous arrêter que le temps de donner du repos aux chevaux et aux hommes.

— C'est-à-dire que je vais voyager jour et nuit !...

— Oui ;... cela vous contrarie?...

— Vous savez que je suis d'un caractère facile, monsieur : c'est vous qui l'avez dit. Je vais vous en donner une nouvelle preuve. Je connais la route de Pérouse ; puisque je l'ai déjà faite, je ne tiens donc pas à m'arrêter le jour ; quant aux nuits, j'aime autant les passer dans une voiture propre que dans vos auberges sales. Restent les voleurs. Vous me donnez une escorte, on n'est pas plus aimable ; je suis prêt à partir, monsieur.

On fit venir mon conducteur qui non-seulement me fit payer ma place entière, ce qui était assez naturel, mais aussi mon excédant de bagage jusqu'à Ancône, ce qui me parut un peu plus arbitraire. Puis, vint un autre Vetturino, lequel voyant que je n'avais pas le temps de discuter le prix de son *legno,* — c'est ainsi qu'en Italie on appelle tout bâtiment labourant le sol avec deux roues ou la mer avec une quille ; — lequel voyant que je n'avais pas le temps de disputer le prix de son *legno,* me demanda deux cents francs pour me conduire jusqu'à la frontière toscane. Je lui comptai les deux cents francs et lui fis signer son reçu. Lorsque je le tins et que je me fus assuré qu'il était bien en règle, je lui fis observer qu'il était encore plus bête que voleur, attendu qu'il aurait pu m'en demander quatre cents et que j'aurais été aussi bien forcé de les lui donner que deux cents. Le vetturino comprit parfaitement la chose et s'arracha les cheveux de désespoir; malheureusement il n'y avait pas moyen de revenir sur le traité : il était signé.

Un quart d'heure après, je roulais sur la route de Pérouse, étalé carrément dans ma voiture, ayant mes deux carabiniers dans le cabriolet.

Dans la nuit du lendemain, j'étais à Pérouse.

Trois jours après, je rentrais à Florence.

Mes carabiniers et mon voiturin m'avaient quitté juste à l'endroit où avait eu lieu la célèbre bataille de Trasimène, bataille si terrible qu'un tremblement de terre eut lieu pendant que Carthaginois et Romains se battaient et que ni Romains ni Carthaginois ne s'en aperçurent.

Depuis ce temps j'ai tenté deux autres fois, et toujours inutilement, d'aller à Venise.

Or, comme je m'étais promis à moi-même de n'écrire mon roman de Bianca Capello que si j'allais à Venise, et que je n'ai jamais pu aller à Venise, je n'ai jamais écrit mon roman de Bianca Capello.

Si quelques-uns de mes lecteurs avaient par hasard la bonté de regretter cette lacune dans mes œuvres, qu'ils lisent le livre de M. Anquetil et ils ne la regretteront plus.

Bruxelles, ce quatre août 1853.

ALEXANDRE DUMAS.

BIANCA CAPELLO

OU

VENISE ET FLORENCE

AU XVIe SIÈCLE

CHAPITRE PREMIER.

Salut à toi VENISE!.....

Salut à toi, RÉPUBLIQUE superbe dont le berceau fut un roc perdu au milieu des flots!.....

Salut à toi, merveilleuse CITÉ aux cent îles, qui donnas ton nom à une mer de même que si Dieu en eût fait ton apanage!.....

Salut à toi, PEUPLE-ROI, dont les têtes couronnées briguèrent jadis l'honneur de faire partie!! . . . .

Mais pourquoi donc cette République a-t-elle été asservie?... Pourquoi donc cette Cité est-elle tombée en dégénérescence?... Pourquoi donc ce peuple libre est-il devenu un ramassis d'esclaves?... Pourquoi donc, dites-le moi, Peuple, Cité, République! la crosse des mousquets autrichiens résonne-t-elle sous les portiques de vos palais, et l'éperon du soldat croate bruit-il sur les dalles de vos basiliques?

Pourquoi!... Parce que le Peuple, les Nobles, l'État, en étaient arrivés à méconnaître ce principe éternel : — *Ce n'est que par la* LIBERTÉ, L'ÉGALITÉ, LA FRATERNITÉ, *qu'une République peut se fonder, progresser et se maintenir.....*

Pourquoi?... Parce que le peuple avait toléré qu'on changeât son gouvernement démocratique en une aristocratie tyrannique; parce qu'il avait permis qu'on le laissât croupir dans la plus crasse ignorance; parce qu'il se contentait d'avoir du pain, des fêtes et la licence de la rue, comme si la nourriture de l'âme n'entrait pour rien dans la vie des nations!

Pourquoi?... Parce qu'après avoir oublié

que leurs ancêtres n'acquirent leurs titres que par de longs services ou en versant leur sang pour la patrie, les nobles se livrèrent honteusement à un luxe effréné, à la débauche la plus crapuleuse, à l'immoralité la plus complète, à l'oisiveté la plus lâche!...

Pourquoi?... Parce que s'abandonnant à une politique basse, timorée, tortueuse, perfide, ingrate et cruelle, la Seigneurie courba silencieusement la tête sous le joug d'un tribunal sanguinaire et mystérieux, jugeant sans formes, sans règles, sans appel, sans publicité; parce qu'elle se mit à vendre la noblesse; parce qu'elle eut, non-seulement la faiblesse de fermer les yeux sur le luxe des courtisanes, mais encore l'impudeur d'en tirer profit; parce qu'elle encouragea la corruption du clergé; parce qu'elle toléra que les nobles pratiquassent ouvertement les manœuvres du *Broglio*, ce temple du veau d'or; parce qu'autorisant la folie afin de pouvoir plus aisément comprimer la liberté, elle patrona les brelans, les *Ridotti*, ainsi que mille autres maisons de perdition où les patriciens s'accoutumèrent à s'adonner, d'abord à la faveur du masque, ensuite la face nue, à tous les débordements que peut susciter le dévergondage le plus éhonté; parce qu'elle fit de l'espionnage et de la délation l'unique raison d'État; parce qu'elle foula aux pieds, l'honneur, la bonne foi, la justice; enfin, parce qu'elle finit par avilir le populaire au point de ne plus le considérer que comme une machine à digestion, prenant pour base de sa conduite cette horrible maxime : *pàne in piazza, giustizia in palazzo; — qu'importe au peuple que les nobles commandent, pourvu qu'il mange!*

Infamie!!

Eh! pourtant, malgré que cette République soit éteinte, malgré que cette Cité soit subjuguée, son peuple n'est point détruit... Naguère, en secouant ses chaînes, il faillit écraser ses opresseurs... Il a donc encore un reste de sang généreux dans les veines!...

Espérons!... Le droit est imprescriptible, les idées ne meurent pas, les nationalités sont vivaces, et Dieu tient la liberté du monde en ses mains!!!. . . . .

Nous sommes à Venise, au jour de l'Ascension de l'année 1572.

Dans un appartement à hautes fenêtres cintrées, et s'ouvrant sur la galerie à colonnade qui règne autour de sa somptueuse demeure, un jeune homme de vingt-quatre à vingt-cinq ans au plus, vêtu avec élégance, est assis près d'une table chargée de papiers. A cet instant, il se trouve plongé en de graves réflexions. Accoudé sur la table, son front reposant dans l'une de ses mains, on dirait que ses regards ne portent sur aucun des objets qui l'environnent tant sa pensée est subjuguée par de profondes et mélancoliques rêveries.

Cette habitation, c'est le palais Salviati; ce jeune homme, c'est Piétro Bunaventuri.

Qu'est-ce que c'est que ce palais? qui est ce jeune homme?...

C'est ce que nous allons apprendre au lecteur.

En l'année 1478, une conjuration conduite par les Pazzi, les Salviati et plusieurs autres nobles qui n'avaient pu se résoudre à courber la tête sous le joug d'un compétiteur plus heureux, avait éclaté à Florence contre ce Laurent de Médicis que ses flatteurs ont surnommé le *Magnifique et le Père du peuple.*

Toute entreprise du faible contre le fort ne doit pas être combinée uniquement de manière à attaquer avec avantage; il faut encore qu'elle soit conduite de telle sorte que celui qu'on attaque soit le premier frappé. Ce n'est ni sur le courage, ni sur le hasard qu'on devrait compter, mais sur l'impossibilité où l'on mettrait son adversaire de songer à se défendre.

Ce principe, les conjurés l'oublièrent. En effet : ayant choisi pour se défaire du tyran, l'heure où il entendait la messe à l'église *de Sainte-Marie des Fleurs,* ils se ruèrent, il est vrai, au moment de l'élévation, sur son frère Julien de Médicis, qu'ils poignardèrent au pied de l'autel, mais ils laissèrent à Laurent le loisir de se sauver dans la sacristie, et à ses amis le temps de faire usage de leurs armes, de façon que le complot ayant avorté, les uns périrent dans ce combat inégal et les autres furent livrés au bourreau.

La maison des Salviati était renommée en Italie par sa puissance et ses richesses. Pour échapper à la vengeance des Médicis, ceux de ses membres qui n'avaient pas été arrêtés se réfugièrent à Venise, où ils firent l'acquisition d'un palais. Par la suite, ayant obtenu de rentrer à Florence, ils conservèrent cette demeure qu'habitait presque toujours un des leurs, attendu que, se livrant au négoce de même que la plupart des nobles florentins, ils entretenaient des relations suivies avec les commerçants de Venise.

Voilà pour le palais.

Autrefois, il était venu à Florence, une femme encore jeune, amenant avec elle un beau petit garçon qu'elle nommait son fils et qui la nommait sa mère. Elle se faisait appeler Lorenza Bunaventuri, et elle appelait son enfant du nom de Piétro.

Lorenza était une de ces créatures douces, bienfaisantes, au cœur sensible et compatissant, qui aiment tout ce qui souffre et se font aimer indistinctement de tout ce qui les approche. Comme elle vivait du produit de travaux à l'aiguille que des personnes de connaissance lui confiaient, elle menait une existence casanière autant que modeste, élevant son fils à la crainte de Dieu et à l'amour de ses semblables. L'exiguïté des ressources dont elle disposait l'ayant contrainte à se retirer dans le quartier du menu peuple de Florence, elle ne tarda pas à être chérie de ceux au milieu desquelles elle passait ses jours, car la droiture de son âme, la simplicité de ses manières, lui avaient acquis tout d'abord la sympathie et le respect de ces braves gens.

Elle avait adopté l'habillement de la classe artisanne; néanmoins, la pureté de son langage et certaine dignité de formes dénotaient une personne d'origine distinguée. Sa physionomie, bien qu'elle fût marquée du sceau d'une ineffable tristesse et qu'elle témoignât d'une douleur profonde, avait conservé des restes d'une beauté qui avait dû, jadis, être remarquable. A peine l'avait-on entrevue, qu'on était attiré vers elle par une compassion instinctive et qu'on devinait une grande infortune; tandis qu'elle, épandant sans cesse et sans paraître y prendre garde, le charme de son inépuisable bonté, montrait à chacun un visage riant : telles on voit ces fleurs exotiques qu'on a transplantées loin du sol où elles naquirent, continuer à embaumer les airs de leurparfum, jusqu'à ce qu'elles soient entièrement fanées sur leur tige...

Eh bien! malgré que chacun pût comprendre que Lorenza avait été vouée au malheur dès son bas âge, nul n'apercevait en elle la trace de ces passions auxquelles succombent tant de filles des hommes; c'est pourquoi chacun la plaignait-il en secret, soupçonnant vaguement que pour qu'elle fût tombée si bas il avait fallu que le doigt de la fatalité ou la main du crime se fût appesantie sur elle. Et Lorenza, pourtant, se bornait à prier, aimer, souffrir et se taire.

Piétro était toute sa joie, son unique affection, sa seule tendresse. Que de fois, alors qu'il était jeune et que, dans sa candide innocence, il ne pouvait démêler encore la cause des chagrins de sa mère, celle-ci, le pressant sur son sein, couvrant sa bouche de la sienne, jouant avec les boucles de sa chevelure, arrosa de ses larmes le front de son enfant!... Heureux fils! Pauvre mère!...

En grandissant, Piétro devint une source de consolations pour Lorenza, car, à pareille école, comment son heureux naturel se serait-il développé vers autre chose que le bien?...

Lorsqu'il eut atteint sa quinzième année,

elle le plaça dans la maison du comte Salviati pour qu'il y apprit le négoce. A vingt ans, Piétro possédait déjà la confiance de son patron ; puis, à vingt-quatre, il était envoyé par lui à Venise, avec mission de surveiller de près quelques opérations importantes. Inutile de dire que longtemps avant qu'il quittât Florence, le fils était déjà venu en aide à sa mère, lui faisant de son travail une position qui la mettait à l'abri du besoin.

Voilà quel était ce jeune homme.

Malgré la corruption qui régnait en ces temps à Florence, ainsi que dans les principales villes de l'Italie, Piétro était resté naïf et pur, son cœur n'ayant point encore parlé ; quant à ses sens, s'ils s'étaient révélés en lui, il était parvenu facilement à apaiser leurs orages, grâce à l'éducation chaste qu'il avait reçue de Lorenza.

Tant qu'il avait été sous la tutelle de sa mère, habitant avec elle, lui consacrant ses loisirs, écoutant ses conseils, obéissant aux impulsions qu'elle se plaisait à lui donner : tout au bonheur de jouir de la félicité intérieure que le sort lui faisait, Piétro avait négligé d'étudier la société qui s'agitait autour de lui. Bon et honnête, il s'appliquait à éviter le mal sans chercher à en découvrir les causes; ajoutons que la teinte mélancolique de son caractère l'avait tenu éloigné de la fréquentation des jeunes gens de son âge. Mais, quand il fut arrivé à Venise; quand par suite de la position, sinon élevée du moins honorable, que lui valait la confiance illimitée du comte Salviati, il eut été lancé dans le monde : tout ce qu'il voyait et entendait pour la première fois, mille choses qui lui semblèrent nouvelles parce qu'elles n'avaient point encore fixé son attention, l'expérience de la vie en un mot, le jeta brusquement dans un ordre d'idées qui jusque-là lui étaient restées inconnues, et lui ouvrit des horizons immenses.

Eh! comment n'en eut-il pas été ainsi, lorsque, au lieu de ces soins affectueux, de ces douces paroles, de ces caresses touchantes qui l'accueillaient chaque soir à sa rentrée sous le toit maternel, il ne retrouva plus qu'un froid égoïsme, qu'une dissimulation perfide, joints à une immoralité profonde dans ceux au contact desquels il se frottait?... — Quels enseignements il reçut en peu de temps!!...

Alors, retournant en arrière, reprenant une à une les impressions de sa jeunesse, étudiant ce qu'il avait vu à Florence et ce qu'il voyait à Venise, il se dit : « Ici, le peuple vit » dans une insouciance qui touche à l'abru- » tissement ; là bas il est pressuré au point » d'en être réduit à la plus désolante misère. » — Ici, passant gaiement des fêtes à un tra- » vail facile, il consacre à la débauche le peu » qu'il a gagné ; là bas, il s'exténue sans pou- » voir arriver à obtenir sa subsistance ; — Ici, » parfaitement d'accord pour maintenir l'auto- » rité entre leurs mains, mais cessant de l'être » quand il s'agit de se la partager, les nobles » se vendent et se trahissent les uns les au- » tres, sous le semblant de l'amitié ; là bas, » soutenant soit par l'épée soit par le poi- » gnard, leurs prétentions rivales, ils ensan- » glantent le sol de la patrie et causent des » perturbations incessantes. — Ici, un clergé » corrompu, avili, prêchant le vice d'exem- » ple, et acceptant volontiers la suprématie » des laïques ; là bas, une milice pontificale » aussi licencieuse qu'intrigante, tantôt mar- » chant tête levée dans le crime pour arriver

» au pouvoir, tantôt sapant, minant les insti-
» tutions dans l'ombre ou suscitant des trou-
» bles parmi le peuple et les grands afin de
» s'enrichir des dépouilles du vaincu !... »

Et, s'étant demandé si Dieu avait créé les hommes pour qu'ils vécussent comme des animaux immondes où se déchirassent comme des bêtes féroces : il se sentit navré de douleur, de même que tous ceux qui sont initiés sans transition aucune à la science de la vie; puis, une sainte colère jaillit de son sein !...

Les intelligences généreuses ont cela de propre, qu'une fois sur la voie de l'émancipation des idées, le voudraient-elles, il ne leur est plus permis de s'arrêter en chemin : une puissance surnaturelle les entraîne irrésistiblement. Piétro en vint donc bientôt à entrevoir la possibilité d'une transformation sociale.

Beau, jeune, portant creusé sur son front ce sillon de la pensée qui plaît tant aux femmes parce qu'il leur fait supposer une organisation d'élite; ayant dans le regard quelque chose d'insaisissable, doux et ferme tout ensemble, dénotant l'inspiration; marqué, comme il l'était, du sceau de la fatalité, cette étrange et mystérieuse tristesse qui attire parce qu'elle présage infailliblement tout un avenir de luttes et de combats : certes, il n'eût tenu qu'à lui de donner un autre cours aux passions ainsi qu'à l'exubérance de sève qui fermentaient en lui. En effet, outre que peu de dames vénitiennes (elles, qu'un sang ardent, un tempérament lascif, une imagination impressionnable, des mœurs faciles, un climat de feu, portent avec tant d'entrain aux délices de la volupté!...) se fussent montrées cruelles envers le bel étranger, il était encore assez largement rémunéré par le comte Salviati pour qu'il pût se livrer, s'il l'eût voulu, aux plaisirs qui s'achètent à prix d'argent; mais son zèle à suivre les opérations qu'il était chargé de mener à bonne fin, son dégoût des amours banales, la gravité des investigations vers lesquelles son esprit le dirigeait, eurent pour effet de le préserver de ces écarts dangereux où on laisse toujours au moins une parcelle de sa dignité si ce n'est de sa vertu. Avouons-le, aussi, il s'était façonné un être idéal qu'il avait paré de perfections chimériques, et qu'il adorait avec une foi naïve quand il se recueillait dans le sanctuaire de son âme.

Un jour, pourtant, son idole lui apparut, resplendissante de charmes et d'attraits, brillante de jeunesse, entourée du prisme de la richesse et de la naissance, belle de toutes les séductions...

Dès lors, captivé par cet amour fatidique, lui plébéien, éperdûment amoureux d'une patricienne, il vécut d'une vie magnétique. Emporté dans la région des songes, car ses rêves étaient devenus la réalité, et la réalité se présentait à lui comme un rêve, Piétro ne touchait plus à la terre, ou, lorsqu'il descendait des nuages, c'était pour rafraîchir sa pensée au souvenir de Lorenza.

Et voilà où en était notre jeune homme au moment où nous le mettons en scène.

Piétro resta longtemps immobile absorbé par une contemplation intuitive. Mais, sa vue s'étant dirigée, par hasard, sur une lettre qui se trouvait placée au milieu de divers autres papiers, aussitôt son visage s'éclaira d'une vive lueur de tendresse; ensuite ayant pris cette lettre, il la porta contre ses lèvres et dit :

— Voyons!... relisons encore l'épitre de ma bonne mère... peut-être y découvrirai-je quelque avis se rapportant à mon étrange position...

Il lut donc, lentement, ce que nous allons transcrire, s'arrêtant à chaque phrase pour la commenter :

« Piétro,

» Ta dernière lettre, de même que les pré-
» cédentes, est bonne et affecteuse pour moi ;
» néanmoins, il y règne une préoccupation,
» une contrainte dont je suis effrayée. Est-ce
» ton cœur, est-ce ton imagination qui souf-
» fre? ta mère devrait-elle donc l'ignorer,
» mon fils?...

» Cher enfant, tu sais combien ta nais-
» sance m'a coûté de larmes; tu sais com-
» ment mes paupières se sont desséchées; tu
» sais l'amertume de mon passé, puisque,
» avant de nous séparer pour la première
» fois, j'ai voulu soulever un coin du voile qui
» te cachait mes infortunes... Eh bien! Pié-

» tro : par les soins que j'ai pris de ton en-
» fance, par ce lait dont je t'ai nourri, par ce
» qu'il m'a fallu déployer de courage et de
» force pour t'élever, par les épreuves que
» j'ai traversées, par ce long baiser d'adieu
» que je déposai sur ton front lorsque tu
» t'arrachas de mes bras, et dont mes lèvres
» frémissent encore : enfin, par ce respect et
» cet attachement filial dont tu ne t'es jamais
» écarté, je t'adjure de prêter une oreille at-
» tentive aux avertissements de ta mère!...

» Si, jusqu'ici, j'ai cru devoir m'abstenir de
» certains conseils, le trouble où je te vois
» plongé me fait un devoir de soutenir ta
» raison chancelante.

» Tu n'as point de fortune en propre et
» n'en dois attendre de personne, tu sais
» pourquoi...; mais l'existence laborieuse
» que tu as menée jusqu'à présent, tes ta-
» lents et ta conduite, qui t'ont valu le poste
» que tu occupes, me tranquillisent sur ton
» avenir matériel. Ce n'est donc point de ce
» côté que me sont venues mes alarmes; et,
» comme je te dois la vérité tout entière,
» écoute bien ceci, Piétro, car, déjà, je trem-
» ble involontairement sur nous deux!...

» Ton cœur est aimant et ton imagination » est bouillante : terribles écueils, mon fils !...

» Élevé dans la classe moyenne, il te faudra » ne rechercher qu'une paisible médio» crité. Que ces trésors dont la nature t'a si » généreusement doté te servent pour notre » bonheur commun. Sois modeste dans tes » désirs, sobre dans tes espérances, et n'ou» blie pas que l'ambition est un fruit d'une » saveur amère malgré qu'il plaise à l'œil. » Ainsi donc, au cas où tu devrais arriver un » jour aux honneurs, que ce soit sans les » avoir recherchés...

» L'amour (émanation divine, fleur déli» cate qui se fane au toucher et dont le par» fum s'exhale au ciel) est un sentiment pur » qui élève l'âme comme la prière ; par con» tre, les passions désordonnées dégradent » l'homme : sois en garde contre leur souffle » empesté.

» Si je me suis appliquée dès ton berceau à » tenir ton imagination en laisse, c'était afin » de te préserver des piéges qu'on aurait pu » tendre à ton inexpérience ; maintenant que » tu es homme, il t'appartient d'appliquer » mes leçons.

» Que te dirai-je de plus?... La plupart
» des jeunes gens de ton âge se perdent
» par les yeux : ils oublient, les imprudents,
» que la grâce nous trompe et que la beauté
» s'évanouit, tandis que la vertu brille d'un
» éclat aussi inaltérable que celui du dia-
» mant.

» Enfin, il peut se faire que tu rencontres
» une femme dont le mérite et la beauté te
» subjuguent. Oh ! alors, descends dans les
» replis de ta conscience, et, seul, devant
» Dieu, demande-toi si votre union ne heur-
» terait pas les convenances établies par la
» société; demande-toi si par cet acte solen-
» nel tu ne courrais pas le risque d'apporter
» le désordre dans son existence ou dans la
» tienne... puis, quand tu seras sûr d'avoir
» trouvé celle qui pourrait devenir ton épouse
» sans que toi ou elle ayez à en rougir, sans
» que ni l'un ni l'autre en deviez souffrir,
» prends-la par la main et conduis-la vers
» l'humble demeure de ta mère : elle y portera
» le bonheur pour vous deux et la consola-
» tion pour moi.

» Toutes ces choses, je ne les ai point

» lues, mon fils : je les ai puisées au fond de
» mes entrailles...

» Au revoir, cher Piétro ! au revoir bien
» aimé de mon cœur ! écris-moi vite car,
» étant toute contristée à ton sujet, j'ai grand
» besoin que tu dissipes promptement mes
» inquiétudes.

» Ta première et meilleure amie,

» LORENZA. »

— Dieu !... s'écria-t-il avec véhémence, aussitôt qu'il eut achevé sa lecture, c'est mon arrêt de mort que Lorenza signait en traçant ces lignes fatales : « *Demande-toi si, par* » *cette union, tu ne courrais pas le risque* » *d'apporter le désordre dans son existence ou* » *la tienne !...*

A peine eut-il prononcé ces paroles qu'une forte détonation se fit entendre. Déposant la lettre à la place où il l'avait prise, il ouvrit précipitamment l'une des portes vitrées donnant sur la galerie à balustres, et courut se poster contre un des piliers de la façade du palais. Aussitôt il comprit, au spectacle qu'il avait sous les yeux, que la détonation dont nous venons de parler annonçait qu'à ce moment le doge sortait du palais ducal pour aller accomplir la cérémonie de son mariage avec la mer Adriatique.

Effectivement, au milieu des conseillers de la Seigneurie, reconnaissables à leurs robes de camelot rouge ondoyé, avec manches ducales, ainsi qu'à leur chaperon d'un drap de même couleur : le chef de l'État, la *corne* ducale en tête, vêtu d'une robe de brocart d'argent, par-dessus laquelle était un long manteau écarlate dont ses écuyers soutenaient la queue, se dirigeait processionnellement vers l'arsenal où le commandant du port, improprement nommé amiral de Venise, devait le recevoir sur le vaisseau le *Bucentaure* pour le conduire en mer.

Le Doge était précédé des principaux magistrats en costume : le capitaine-grand, les secrétaires du prégadi, le grand chancelier, paré de son étole d'or, les chefs de la quarantie criminelle, les sages-grands, les avogadors et les procurateurs. Après eux, c'est-à-dire immédiatement avant le doge, venaient plusieurs officiers portant les divers insignes de sa dignité : des trompettes d'argent, un parasol, une chaise pliante, des coussins, les clefs de la chapelle où étaient renfermées les reliques de saint Marc, un cierge blanc et des éperons d'or. Un autre portait aussi une bannière où se voyait le lion ailé de saint Marc (sablé sur fond d'azur), la patte posée sur un livre ouvert où ces mots étaient écrits en lettres d'or : « *pax tibi Marce Evangelista meus.* » Le dernier, enfin, déployait au vent l'étendard rouge du commandement : *in signum veræ dominationis.*

Derrière le doge, marchait un dignitaire, tenant à la main une épée nue, celle de la République, dont on aurait pu croire qu'il le menaçait : symbole d'une majesté terrible!... Puis, venait le sénat en robe rouge...

Malgré que Piétro, qui n'était à Venise que depuis quelques mois seulement, n'eût point encore assisté à l'imposante cérémonie qui se préparait, il ne fut pas tenté de s'y rendre; et, bien que de la colonnade du palais Salviati il pût jouir d'un coup d'œil vraiment magique : le pont du Rialto et cent autres, près de crouler sous le nombre de gens qui les traversaient à la hâte; les canaux, disparaissant sous une multitude prodigieuse de gondoles; les gondoliers, avec leurs habillements blancs et leurs ceintures roses; la foule, avec ses costumes des quatre parties du monde; la place Saint-Marc, où défilait le cortège que nous venons de dépeindre; les mâts élevés à cette circonstance, au haut desquels étaient hissés des pavillons rappelant aux Vénitiens de si glorieux souvenirs, ceux des royaumes de Chypre, de Candie et de Morée; les chevaux de bronze, en face du portail de la basilique métropolitaine; les deux colonnes où étaient, sur l'une le lion de l'Évangéliste, sur l'autre la statue de saint Théodose, l'ancien patron de la cité; les gracieuses coupoles des édifices de Venise, leurs aiguilles à jour, leurs flèches découpées en dentelles; les galères de l'arsenal, toutes pavoisées; les navires du port, tout couverts de flammes et de banderoles flottantes; les jets de feu de l'artillerie des forts, qui tonnait; les nuées blanchâtres qu'elle chassait dans l'espace et qui prenaient des teintes d'opale aux rayons d'un soleil resplendissant de lumière : — rien de cela n'émouvait Bunaventuri, car ses yeux restaient opiniâtrement fixés sur la porte d'un palais dont il n'était séparé que par la largeur du Grand-Canal.

Soudain ses traits s'animent...

— Ciel! s'écrie-t-il, je vais donc la revoir!..

Ce disant il quitte son poste d'observation, rentre dans l'appartement, jette sur ses épaules un manteau à la florentine, se coiffe d'une toque à plume rouge, franchit rapidement la distance le séparant du quai, se précipite dans une barque qui stationnait en face du palais Salviati, et dit au gondolier :

— Alerte, Joachim! Un ducat de récompense si tu parviens à rejoindre cette gondole vert et or sur le point de disparaître au tournant du canal... là bas... là bas...

Le gondolier fit force de rames...

CHAPITRE II.

Venise, aujourd'hui autrichienne, était autrefois une ville à demi asiatique; aussi tenait-elle à rappeler, dans ses fêtes, les pompes de cet empire d'Orient dont elle n'avait accéléré la ruine que parce qu'elle en convoitait les dépouilles.

Certes, en 1572, la République était loin du temps où, en sus de ce qu'elle avait en Italie et en Dalmatie, elle possédait encore : Lazzi, au fond du Pont-Euxin; Nicopolis, sur les côtes de l'Asie Mineure; Gallipoli, à l'extrémité du détroit de l'Hellespont; Andrinople, sur l'Ebre de Thrace; l'Albanie, les ports du Péloponèse, les îles de la mer Ionienne, depuis Zante jusqu'à Corfou; la plupart de celles de l'Archipel; Candie, Chypre, Négrepont et le quart de Constantinople... Hélas! elle s'était éclipsée l'ère glorieuse où son doge, Henri Dandolo, refusait la couronne impériale que lui offraient les Croisés... Et, quoique l'honneur de cette mémorable bataille de Lépante qui, l'année précédente, avait sauvé la chrétienté de l'invasion des Ottomans, dût rejaillir en partie sur ses armes, elle ne s'en était pas moins vu ravir, dès avant, par les Turcs, ses plus belles conquêtes : la Macédoine, la Morée, tout ce qu'elle avait en Asie, Zante, Céphalonie, Chypre, Négrepont, etc. Disons, en outre, que la ligue de Cambrai et l'incendie récent de son arsenal, avaient porté de rudes coups à sa puissance. Toutefois, comme elle avait pour habitude de déguiser ses revers sous l'apparence d'une prospérité factice, la fête de l'Ascension fut célébrée cette année-là, avec une solennité plus remarquable encore que celle des années précédentes.

Déjà le doge, après avoir lancé un anneau d'or dans le golfe, en signe de fiançailles, avait quitté le Bucentaure ; déjà les régates étaient commencées, et les *Castelans* disputaient aux *Nicolotes* le prix des joûtes sur l'eau, lorsqu'un personnage d'un extérieur remarquable apparut en un endroit du quai presque solitaire à ce moment et où cinq à six bateliers maudissaient entre eux leur mauvaise étoile de ce que, en un tel jour de fête, ils n'avaient point trouvé à utiliser leurs gondoles.

C'était un homme d'une taille élevée, d'un aspect sombre, aux traits fortement accusés, au regard en-dessous; son teint était jaune d'ivoire, et son visage osseux; ses dents étaient blanches et saillantes; enfin, ses yeux, enfoncés dans leur orbite, brillaient d'un éclat fauve qui démentait la fausse humilité de son maintien. Ajoutons qu'il avait une barbe épaisse qui lui venait jusqu'au milieu de la poitrine, et que son acoutrement était celui d'un homme appartenant à un ordre monastique, car on pouvait distinguer le vêtement blanc des Camaldules et leur ceinture de laine, sous un ample manteau brun dont le scapulaire était rabattu sur sa tête. Quant à son âge, il était difficile de lui en assigner un, attendu qu'il était de ces hommes chez lesquels l'énergie physique est totalement subordonnée à la puissance de la volonté; pourtant, en l'observant bien, on lui aurait donné près d'une cinquantaine d'années.

Le moine s'étant arrêté, promena ses regards sur les bateliers comme s'il eût voulu choisir parmi eux celui dont la physionomie lui conviendrait le mieux. — Dès que ceux-ci eurent deviné son intention, chacun d'eux s'élança vers lui, le bonnet à la main, l'engageant à entrer dans sa gondole; mais, quand ils virent que son choix était fait et qu'il montait dans une barque, de dépit ils se mirent à débiter contre lui des propos injurieux.

— Ohé! mon Révérend! criait l'un, d'une voix clapissante : prenez garde que le supérieur du couvent de Saint-Michel ne vous rencontre... le carnaval est passé; bien sûr qu'il vous mettrait en cellule pour vous être masqué de la sorte...

—Tais-toi donc Nigaud! hasardait l'autre : ne vois-tu pas qu'il n'a endossé ce manteau brun par-dessus sa robe blanche, qu'afin de pouvoir espionner sa maîtresse sans attirer les regards...

—Tu te trompes, disait celui-ci : pendant que tout le monde est allé voir les joûtes, il s'en va, lui, le saint homme de Dieu! consoler une gentille dona de l'absence de son époux...

— Je vous dis, moi, reprenait celui-là,

qu'il se rend chez quelque *Carampana*... je parierais volontiers qu'il a sa poche pleine de ducats dérobés au trésorier du couvent...

— Eh non! ripostait le plus effronté de la bande : ne voyez-vous pas qu'il s'embarque pour aller chercher en Colombie, la drogue qui le guérira du *catholicon* d'Espagne dont une *signora* lui a fait cadeau.

A cette dernière insolence, les rires éclatèrent; puis s'excitant les uns les autres, les gondoliers se mirent à hurler en chœur :

— Ha-ha-hou! ha-ha-hou!!!...

Quant au moine, sans doute qu'il dédaignait ces insultes, car sa figure ne subit pas la moindre altération et sa voix était calme lorsqu'il prescrivit à son gondolier de le conduire au *cours*, c'est-à-dire à l'endroit du Grand-Canal où avaient lieu les joutes sur l'eau.

— Soyez tranquille mon révérend, répondit le gondolier qui, au parler du religieux, reconnut qu'il avait affaire à un étranger; pas un n'est capable comme Antonio, votre serviteur, de vous faire voir la fête ainsi que les curiosités de Venise... à l'âge de dix ans, je maniais la rame; j'en ai trente, en voilà donc vingt que je fais le métier...

Dès qu'ils arrivèrent au cours, les jeux tiraient à leur fin. Sur les quais ainsi qu'aux fenêtres de la double rangée de maisons bordant le Grand-Canal, on voyait pulluler une multitude innombrable toujours avide de ces sortes de spectacle. Sur l'eau, toute la place qui n'était pas spécialement réservée aux jouteurs était occupée par des milliers de bateaux rangés bord à bord. A de courts intervalles, des huées ironiques ou des cris d'admiration éclataient dans la foule, tantôt pour se moquer de la maladresse des vaincus, tantôt pour applaudir à l'adresse des vainqueurs.

S'apercevant, à la façon dont les barques sont disposées, qu'il est impossible à Antonio de forcer leur ligne compacte et de se caser de manière à ce qu'ils puissent voir les jeux ; remarquant en outre, qu'il n'y a là que du populaire, le moine dit au gondolier de le mener ailleurs. Alors celui-ci vire de bord et conduit l'étranger à l'endroit où, à cette heure, le beau monde de Venise se livre au plaisir de la promenade en gondole : sorte de *Lonchamps* sur l'eau.

Ici la scène est plus animée et surtout plus

piquante que là bas. Les barques vont, passent, retournent, se coupent, se barrent ou se cèdent mutuellement le passage, tandis que les promeneurs s'examinent en silence ou se saluent, qui de la voix, qui du geste. — Tantôt, c'est une gondole portant la famille d'un noble peu fortuné, ce qu'on peut distinguer aisément à la stricte exactitude du costume de ce Patricien ; — tantôt, c'est une batelée de *Carampanas* qui, venues là uniquement pour agacer les promeneurs, ont mis leurs plus beaux atours malgré qu'elles n'ignorent pas, les malheureuses ! que les censeurs leur feront payer cher ce luxe de clinquant ; — plus loin, une *Signora* à la mode se pavane au milieu d'un cercle de galants, étalant sans crainte une profusion de bijoux et de pierreries, persuadée que le magistrat des Pompes n'osera point s'attaquer à l'amie de cœur de tant de jeunes nobles : or, ceux-ci avaient donné, eux-mêmes, l'exemple du mépris des lois somptuaires en quittant, aussitôt qu'ils s'étaient trouvés en gondole, la veste ainsi que le bonnet qu'il leur était prescrit de porter, et en se montrant vêtus d'étoffes de grand prix ; — ailleurs, se voyaient des citadins enrichis, commerçants ou scribes, affichant dans leur tenue le plus de ressemblance possible avec celle des nobles ; — puis, venaient des étrangers portant leur costume national ; — enfin, apparaissaient, de temps à autre, quelques-uns des premiers magistrats ou des plus hauts dignitaires de la République.

Parmi les gondoles qui attirèrent particulièrement l'attention des gens, il y en eut une qui, partout sur son passage, fut accueillie par des observations plus ou moins bienveillantes.

— Vit-on jamais un luxe pareil à celui de la femme de ce Bartholoméo Capello ? s'écriait un vieux patricien rapé : Ah ! puisque les lois n'ont plus de force, c'en est fait de la République...

— Plaisantes-tu, ou bien serais-tu jaloux, par hasard, de ce que ton épouse n'en puisse faire autant ? répondait son compagnon en riant : autre temps, autres mœurs... quant à moi, j'approuve fort les censeurs de ce qu'ils ferment les yeux sur certaines choses... Eh puis ! les arts, le commerce, l'industrie, que deviendraient-ils ? Comment occuperait-on le peuple ? qui le nourrirait ? Or, il s'est trop bien habitué aux *Sachetti* et au *Fasco du Frioul*, ce brave peuple de Venise, pour qu'il lui prenne jamais envie de revenir à la sobriété de ses pères...

— Je te dis, moi, que la patrie est en danger, et que ce relâchement nous perdra.

— Ah ça! mais, exclamait dans une autre barque, un personnage visant à la gravité : ne dirait-on pas qu'elle est dans la première année de son mariage, cette dona Eléonora, pour avoir ainsi des gondoliers en livrée?... pourtant, on sait que ce bel enfant de douze à treize ans dont elle caresse les cheveux, est son fils... Par la corne ducale! il ne lui manque plus que des estaffiers pour ressembler à la femme d'un doge...

— Elle ne l'est pas, mais elle peut la devenir, car son vieux mari est assez noble et assez riche pour cela, réplique avec dépit un autre individu; puis il ajoute : Quand Bartholoméo l'a prise, il possédait au moins soixante mille ducats de revenu, ce qui était déjà, par ma foi! un fort joli denier... Pourtant, qu'est-ce en comparaison de ce qu'elle lui a apporté en dot, soit du fait d'une de ses tantes du côté des Morosini, soit de celui de ses deux oncles, Jean et

Marin Grimani, le premier, patriarche d'Aquilée, le second cardinal-évêque de Cenède ..et, encore, sans compter ce qu'elle en attend après leur mort !...

— Oh, pardi! on n'ignore pas qu'elle désirerait de tout son cœur être saluée du titre de duchesse, mais le bonhomme n'est pas ambitieux... C'est un digne citoyen qui, autrefois, servit noblement l'État, tant pendant la paix que durant la guerre : néanmoins, je suis convaincu qu'à cette heure il n'a plus nul souci des honneurs, puisqu'on ne le voit jamais intriguer au *Broglio*...

— Qu'elle est belle, cette Bianca Capello! s'écriait, d'un autre côté, un jeune praticien : et dire que sa marâtre veut absolument la mettre au couvent, afin que toute la fortune du père revienne à son cher Vittorio... Vraiment, c'est une abomination!...

— Tu es fou, Foscari! répliquait un autre libertin : où prendrais-tu donc de l'argent pour entretenir ta ravissante Zerlina, si ta mère n'avait eu soin d'enfermer tes deux sœurs à la maison *delle Virgini?*

— Per Bacco! tu as raison Gustiniani... Malheureusement, c'est la première fois de ta vie qu'il t'arrive de lâcher une parole sensée...

— Et moi je vous dis que vous êtes des misérables, vous autres, de préférer des prostituées qui vous grugent et vous trompent, à des jeunes filles de sang noble, aussi chastement belles que quelques-unes de celles qui sont dans vos familles!...

Cette exclamation, bien qu'elle fût prononcée d'un ton de dédaigneux mépris, provenait d'une femme à demi renversée sur une pile de coussins et dont, à sa mine chiffonnée ainsi qu'aux perles et aux diamants qu'elle étalait avec une nonchalance affectée, on pouvait aisément reconnaître la profession : aussi fut-elle accueillie par les rires et les lazzis d'une troupe de débauchés réunis dans un bateau tout garni, à l'intérieur, d'une couple de ces tapis velus, comme l'Orient n'en sait plus fabriquer aujourd'hui.

— Bon! voici la Zerlina qui va se mettre en train de nous morigéner...

— Gare à toi, Foscari!... si tu ne me cèdes bientôt la Zerlina; j'ai grand'peur qu'elle ne te convertisse!...

— En vérité, elle a perdu la raison, cette

pauvre fille! puisqu'elle s'imagine qu'on peut être aussi séduisante qu'elle...

— Mire ta radieuse figure dans le cristal des eaux, ma déesse! et tu verras que tu n'as pas ta pareille...

— Me livrer à toi, Gustiniani! un pilier de *brelans* et de *cases-rampanes!*... allons donc ! plutôt mourir de misère à l'hôpital... Au reste, on en trouverait vite le chemin avec toi..., coureur, joueur, blasphémateur et poltron!...

— Ah! ah ! ah! délicieux!... attrappe ça Gustiniani!...

— En quatre mots, un portrait frappant de ressemblance!... c'est un talent que je ne te connaissais pas encore, mon adorable...

— Taisez-vous, maudits! reprit la Zerlina : et regardez un peu cette jeune dona... Comment la nommez-vous?..

— Bianca Capello...

— Bianca!... le joli nom!... qu'il est bien porté !... N'est-ce pas, qu'on la prendrait, avec son voile blanc, pour une statue de la Niobée antique, ou mieux pour celle de la pudique Diane?...

— Effectivement, ma chère... mais de la Diane visitant Endymion...

— Que prétends-tu dire, Foscari?

— Que l'Endymion est là, dans cette gondole, sous les traits de ce seigneur florentin... un Salviati, je présume...

— Ah !!!... fit doucement la Zerlina, en jetant à la dérobée un coup d'œil sur celui que son amant désignait ainsi à son attention : — C'est assurément un beau cavalier, pensa-t-elle; ensuite elle ajouta tout haut : Ils sont vraiment dignes l'un de l'autre...

— Parole d'honneur, je t'admire du profond de mon âme, Zerlinetta! se hasarde à dire Gustiniani d'un air patelin : une femme qui en vante une autre, c'est fort édifiant, par malheur, c'est on ne peut plus rare...

Aucun des divers propos que nous venons de rapporter, n'avait été perdu pour le moine; cependant il resta dans son rôle d'observateur impassible, sans adresser une seule question à son conducteur, et même sans qu'il lui échappât le moindre signe de curiosité.

Déjà les régates sont terminées et, la

tombée du jour approchant, la foule se disperse dans toutes les directions. Alors, sous prétexte de vouloir jouir de l'effet que doit produire Venise vue de loin pendant la nuit, le moine enjoint au gondolier de le conduire à une certaine distance en mer : celui-ci obéit.

Le temps était superbe; la mer polie comme une glace, reflétait les myriades d'étoiles qui luisaient au firmament; la lune, en s'avançant majestueuse au travers des espaces, éclairait de ses indécises lueurs le sommet des édifices qui se découpaient d'une façon plus fantastique les uns que les autres, sur la voûte des cieux; des feux, des phares, des fanaux, une forêt de mâts : tout cela était doublé par la réverbération des eaux; une brume transparente, vaporeuse, poétisait les objets; puis, une brise odorante, attiédie par la fraîcheur du soir, semblait apporter, des îles fortunées de la mer Ionienne, le parfum des lentisques en fleurs.

Quelle que fût l'insensibilité apparente du moine, il ne put s'empêcher de ressentir un vif sentiment d'admiration au spectacle de cette superbe cité surgissant du sein des ondes comme si des génies l'avaient déposée là par ordre d'une puissante fée. Le gondolier lui-même, vaincu par le charme d'un tableau qu'il avait eu, pourtant, maintes fois l'occasion de contempler à son loisir, laissa involontairement glisser les rames de ses mains et se mit à rêver.

— Ah ça! exclama le moine, que l'immobilité subite de la gondole avait rappelé à lui: il me paraît que tu es amoureux, Antonio...

— Pourquoi cela mon Révérend?

—A cause que je te vois oublier la manœuvre pour errer dans les nuages...

—Que voulez-vous, Révérence!...nous autres mariniers et gens du peuple, nous sommes tous bâtis de la même façon.., nous n'avons ni palais, ni signoras à notre service, mais, en revanche, nous sommes dévoués corps et âme à la plus ravissante maîtresse qui soit au monde... Nous n'en sommes point jaloux : au contraire, nous l'aimons d'un amour égal, et nous verserions jusqu'à la dernière goute de notre sang pour elle, malgré qu'elle accorde ses faveurs à qui lui plaît... Tenez, regardez là bas, au loin... La voyez-vous, dans sa robe de souveraine du golfe, se baignant dans le cristal diamanté ?...

Étendant le bras d'un air d'enthousiasme, le gondolier montrait Venise.

— Changeons de propos, reprit le moine, avec un sourire de bienveillance; d'abord, es-tu discret, Antonio ?...

— Si vous apparteniez à la République, je ne répondrais point à votre demande, mon Révérend ; mais, attendu qu'à votre costume ainsi qu'à votre accent il m'est permis de croire que vous êtes étranger, je vous dirai : c'est pour les nobles que sont faites les bouches de marbre de la *Denuncie secrete;* quant à nous, qui connaissons le danger d'en paraître trop savoir, nous avons pour habitude d'oublier, un quart d'heure après, tout ce qui s'est dit, tout ce qui s'est fait en notre présence... En effet, si la Seigneurie récompense d'une main, le conseil des Dix reprend de l'autre aux délateurs le prix de leur lâcheté...

— Bon ! tu es un brave garçon, Antonio, et, puisqu'il en est ainsi, nous jaserons un peu, n'est-ce pas?...

— Parlez hardiment, mon révérend ; nul ne peut nous entendre ou nous interrompre...

Voyez quelle solitude règne en ces parages...

Alors, s'étant convaincu par un regard lancé autour de lui que ses paroles ne trouveront pas d'échos, le moine entame une conversation suivie avec le gondolier.

— Saurais-tu, Antonio, lui demanda-t-il : quels sont les gens qui montaient la gondole peinte en vert, avec une draperie d'or et de soie, que tu as pu remarquer au Cours, et sur le compte desquels s'exerçait si activement la langue des envieux?

— Oui... l'une des premières familles de la République... Le vieillard aux cheveux blancs, c'était le seigneur Bartholoméo Capello; la femme habillée selon la mode de la cour de France, c'est son épouse, Éléonora Grimani; l'enfant qu'elle caressait avec tant de complaisance, n'est autre que son fils Vittorio; enfin, la belle personne aux traits si beaux, si touchants malgré leur pâleur nacrée, qui se tenait silencieuse à l'extrémité de la barque, est la fille du seigneur Bartholoméo, mais non de la signora Éléonora...

— Il a donc épousé cette dame en secondes noces, le seigneur Capello?

— Justement... étant provéditeur-général à Corfou, et quoique d'un âge assez avancé, il y a de cela une vingtaine d'années, il fit à ce qu'on raconte un mariage d'inclination avec la fille d'un noble de la colonie, qui avait dépensé sa fortune au service de l'État. A son retour de Corfou, sa femme mourut en couches, mais l'enfant fut sauvée : c'était Bianca. Inconsolable de la perte de celle qu'il chérissait, et voulant se consacrer tout entier à l'éducation de sa fille, Batholoméo témoigna le désir de renoncer à la carrière des emplois publics; cependant le sénat lui conféra de nouvelles fonctions plus importantes encore. Par la suite, il contracta une autre union avec Éléonora Grimani. On rapporte à ce sujet que, par crainte de voir l'immense fortune des Capello passer à une famille sans consistance, le gouvernement de la Seigneurie, le conseil des Dix, pour mieux dire, prescrivit à Bartholoméo de se remarier, ce qui eut lieu en effet...

— Voilà qui est surprenant!... de sorte qu'il est probable, d'après ce que tu m'apprends là, que la belle-mère et la belle-fille ne vivent pas en très-bonne intelligence entre elles...

— Vous l'avez deviné...

— En ce cas, il doit avoir fort à faire pour maintenir la paix chez lui, le pauvre homme!...

— Oh! Bianca est une fille respectueuse et tendre, qui adore son père; tandis qu'Éléonora est une femme d'un caractère altier, fière de son grand nom, de ses richesses, de l'illustration de sa famille, et qui prépare de longue main un brillant avenir à son fils, au détriment même...

— Je saisis ta pensée, Antonio... Ainsi, elle est bien malheureuse, cette intéressante Bianca?...

— Oh! oui... Avec cela qu'elle a au cœur un amour funeste...

— Que veux-tu dire? achève ta confidence...

— Vous ignorez, sans doute, qu'il est défendu aux nobles Vénitiens de donner leurs filles à des étrangers, de peur d'appauvrir la souche?...

— Eh bien! quel rapport cela aurait-il avec ce que tu viens de m'apprendre?...

— Un rapport très-naturel... elle aime un jeune Florentin...

— Quoi! le propos qu'a tenu l'un de ces mauvais sujets dont la gondole a rasé la nôtre, ne serait point une histoire inventée à plaisir?

— Hélas! non...

— Il doit l'aimer aussi, lui, n'est-il pas vrai?...

— En pourrait-il être autrement? avec cela que leur liaison est venue d'une manière si romanesque!...

— Tu me raconteras cela un autre jour, Antonio... Pour le moment, il suffit que tu m'apprennes le nom de ce jeune homme.

— Je l'ignore, mon Révérend... Tout ce que je puis vous dire là dessus, c'est qu'il habite le palais Salviati et que, comme il a fort bon air, il passe pour être de cette famille.

A ces derniers mots, le moine parut se livrer à ses propres réflexions :

— Ce n'est pas possible! pensait-il en lui-même; j'ai vu tous les Salviati avant mon départ de Florence... Il y a là-dessous un mystère qu'il m'importe de découvrir...

Ensuite, il reprit à haute voix et d'un ton jovial :

— Ah ça, Antonio! tu en sais bien long sur ce chapitre... De quelle manière as-tu été mis au courant de toutes ces particularités?...

— Pardon! Révérence... ceci est mon secret, à moi...

— Oh! rien de mieux, mon garçon... Cependant, veux-tu que je te parle franchement : gageons qu'il y a quelque amourette qui te concerne, au milieu de tout ceci...

— Par saint Marc! vous êtes d'une singulière clairvoyance, mon maître!... Bah! pourquoi vous cacherais-je que la suivante de Bianca est ma fiancée...

— Tu le vois, fieffé coquin! je ne me trompais pas, en disant que tu étais amoureux... Tiens, voici pour lui acheter des colifichets à ta chère *promise*...

Joignant l'action à la parole, le moine offrit un sequin à Antonio.

Autant étonné que satisfait d'une semblable générosité, celui-ci se confond en remerciments; ensuite, sur l'invitation du religieux, il reprend l'aviron et dirige sa barque dans une direction désignée.

La nuit était avancée quand ils rentrèrent à Venise, et le ciel s'était assombri. Or, voici que, tandis qu'ils côtoient le canal Orfano, ils aperçoivent une gondole glissant à la surface de l'eau sans que les rames fassent aucun bruit, sans que nul fanal soit allumé à son baldaquin. A peine l'ont-ils dépassée, qu'ayant vu des ombres se dresser et enlever du fond de la barque un objet assez volumineux, ils entendent un clapotement semblable à celui que ferait la chute d'un homme dans le canal.

— Qu'est-ce donc? s'écrie le moine, sous l'impression d'une vague terreur...

— Silence! reprend le gondolier à voix basse... taisons-nous devant la *justice du conseil des Dix!!!...*

En prononçant ces mots, le gondolier fit force de rames pour s'éloigner du lieu des exécutions secrètes, de sorte que, bientôt après, il approchait du rivage.

— Où stationnes-tu d'ordinaire, dis-moi, afin que je puisse te retrouver de suite lorsque j'aurai besoin de toi ? demanda le moine, en s'élançant sur le sol...

— Toujours au même endroit où vous m'avez rencontré aujourd'hui, mon révérend, à moins que je ne sois en course...

— Allons, voilà qui est entendu... au revoir, Antonio !...

— Grand merci, votre révérence !...

Et le moine pressa le pas, encore ému de l'acte ténébreux dont il venait d'être témoin.

CHAPITRE III.

Fra-Fortunato (c'est ainsi que s'appelle le moine,) est abbé du monastère de Fontebuono, magnifique établissement religieux bâti au bas de la montagne des Apennins, où saint Romuald, fondateur de l'ordre des Camaldules, s'était retiré jadis (vers l'an 1012) pour y vivre dans la méditation.

Le moine vient de Florence et est arrivé récemment à Venise.

Quel est le motif qui l'y a conduit? c'est ce que nous apprendrons par la suite. Pour le moment, il nous suffit de dire qu'attendu qu'il sait pertinemment : 1° que les envoyés des princes étrangers sont l'objet d'une surveillance très-rigoureuse de la part du conseil des Dix ; 2° qu'on expulse immédiatement de la ville, dès qu'ils sont connus, ceux de ces gens qui n'ont point déclaré leur qualité ; 3° enfin, que les nobles qui s'abouchent avec eux sont punis de mort, il a pris domicile au monastère de Saint-Michel, du même ordre que le sien, où le supérieur, son confrère, s'est empressé de lui offrir l'hospitalité.

Il sortait habituellement de grand matin, ne rentrait que fort avant dans la nuit, et, sauf le cas où il employait Antonio, ne prenait jamais deux fois le même gondolier, ayant soin, en outre, d'en changer à chaque nouvelle course.

Les nombreuses visites qu'il fit, à Venise, s'adressèrent toutes à des nobles, et ce qu'elles offrirent de singulier c'est qu'à une seule exception près, il ne vit que les plus pauvres, les plus débauchés ou les plus ambitieux de cet ordre.

En effet, parmi les maisons où il se montrait assidu, figurait celle de Bartholoméo Capello. Or, il y avait à peine un mois qu'il fréquentait cette famille patricienne que, déjà, il avait capté la confiance de Bartholoméo ainsi que celle d'Éléonora. Comment s'y prit-il?... Eh, mon Dieu! d'une manière bien simple : en flattant, d'après la connaissance qu'il avait de leur caractère, les goûts, les vœux, les passions mêmes, de celui des deux époux avec lequel il se rencontrait, ayant soin, autant que faire se pouvait, de ne les voir que séparément.

Pour ce qui fut de Bianca, malgré la déférence que son père témoignait à Fra-Fortunato, malgré l'empressement avec lequel Éléonora l'accueillait, peut-être même, à cause de cette dernière considération, elle était restée, jusqu'alors, sous la réserve avec le moine, quoique celui-ci feignît de lui porter une sorte d'intérêt paternel.

Par une magnifique journée de juin, c'est-à-dire quelques semaines après la fête de l'Ascension, quatre personnes se trouvent ensemble en un vaste appartement d'un palais dont la façade donne sur le Grand-Canal.

Renonçant à faire la description de cette salle, nous nous bornerons à dire qu'à cette époque de la renaissance des arts en Italie, chacun d'eux avait été mis à contribution pour l'embellir. La Perse, aussi, lui a fourni ses tapis, ses luxueuses étoffes; et, dans les panneaux des murs, sont incrustées plusieurs de ces glaces du pays, dont la renommée fut longtemps célèbre. Ajoutons que la chaleur étant encore intense (le soleil avait à peine parcouru la moitié de sa carrière), les épaisses tentures de soie écarlate garnissant les croisées de ce salon ont été disposées de manière à y maintenir une douce fraicheur ainsi que ce demi-jour qui plaît tant par sa mystérieuse pénombre.

Ces quatre personnages sont : Bartholoméo Capello; Éléonora, son épouse; Bianca, sa fille; et Vittorio, son fils.

Bartholoméo, vêtu d'un habillement n'ayant de remarquable que la finesse du tissu, est assis dans un vaste fauteuil sculpté, absorbé par la lecture du livre *del Principe*, de Machiavel. Cependant, à de fréquents intervalles il pose son in-folio, passe une de ses mains sur son front (qu'ombragent quelques mèches de cheveux blancs), comme pour en chasser une idée pénible, ou bien, dirigeant son regard sur Bianca, il murmure entre ses dents : « Ce misérable Machiavel ! il n'avait donc pas » de fille qui l'aimât, pour haïr autant l'es- » pèce humaine ? » Puis, quand son œil rencontre par hasard celui de Bianca, son visage doux et austère se couvre aussitôt d'un nuage empreint de tant de tristesse, il adresse à sa fille un sourire plein de tant d'amertume, qu'une âme de granit en serait attendrie.

Mollement étendue sur une espèce de divan, la tête appuyée contre d'épais coussins, les pieds reposant sur le tapis du parquet, Éléonora parcourt un livre héraldique, illuminé sur parchemin, où les faits et gestes des Grimani et des Morosini ont été consignés de la main d'un historiographe de commande.

Par une infraction aux lois somptuaires (infraction sur laquelle le Sénat avait décidé, récemment, qu'on fermerait les yeux, parce qu'il ne se sentait pas en état de la réprimer), elle avait adopté, ainsi que cela commençait à se pratiquer parmi les grandes dames de Venise, le costume introduit à la cour de France par Catherine de Médicis. Nous dirons donc, seulement, que la mise d'Éléonora était d'une richesse excessive : colerette à fraise tuyautée, vertugade en camelot tissé d'argent, robe à taille, en damas incarnadin couvert de passementeries d'or. En outre, chose qu'elle n'aurait pu se permettre en public, elle portait au cou une rivière de diamants, et aux oreilles des pendants en perles : objets conservés dans la famille depuis le sac de Constantinople, comme une dépouille de quelque impératrice.

Chez certaines femmes, la beauté se développe progressivement jusqu'à ce qu'elles aient atteint le retour de l'âge : Éléonora était dans ce cas. Ses traits parfaitement conservés, d'une régularité irréprochable, ont un éclat éblouissant ; pourtant, rien n'attire, rien ne touche en elle, car la dureté de son regard, son attitude hautaine et la raideur de ses gestes, auraient pu servir à reproduire un type, celui de l'altière Junon des temps mythologiques.

L'occupation à laquelle se livrait Éléonora ne la captivait pas tellement qu'elle ne lançât parfois un regard soit sur Vittorio, soit sur Bianca. Lorque c'était celle-ci qu'elle considérait, son œil prenait une expression de haine et de jalousie intraduisible ; par contre, quand ses yeux avaient rencontré Vittorio, elle les ramenait ensuite sur son manuscrit d'un air de vanité satisfaite plutôt que d'affection maternelle épanouie.

Vittorio, assis sur un tabouret en velours, vers l'extrémité du divan, s'amuse, tantôt à examiner les estampes d'un livre, tantôt à se rendre compte du gréement et des diverses manœuvres d'une galère en miniature que supportait un meuble en console placé près de lui. C'est un bel enfant de treize ans, dont la physionomie offre un contraste saisissant de douceur et de fierté; néanmoins, le signe caractéristique le mieux prononcé sur sa figure enfantine est celui d'une mélancolie rêveuse.

Quant à Bianca, comment la dépeindre?...

Elle avait des vêtements d'une coupe idéale, d'une simplicité primitive, se rapprochant de ceux des femmes grecques (on se rappellera que sa mère était de Corfou), et qui flattaient l'œil rien que par la manière dont ils étaient drapés; aussi, malgré qu'ils cachassent pudiquement ses formes, celles-ci ne s'en accusaient-elles pas moins sous la molle et souple ténuité d'une étoffe flottante.

Sa taille était grande, mince et flexible; son cou, d'un modelé antique, avait une grâce de contours qui révélait mille charmes à l'imagination, et ses mains qu'elle faisait courir en ce moment sur une tapisserie à l'aiguille, frappaient autant par la perfection de leurs attaches que par leur blancheur.

Impossible de se faire une idée de l'exquise pureté de ses traits, de la noblesse de son profil, ainsi que de l'expression tout à la fois ferme et résignée que donnait à sa figure l'accentuation de ses lèvres, nettement découpées.

Selon la mode asiatique, elle portait, retenu au sommet de la tête par une épingle d'or, un long voile recouvrant en entier sa chevelure, à l'exception de deux bandeaux d'ébène lissés sur son front.

Au premier aspect, la figure de Bianca semblait froide autant que sévère ; mais quand, à la faveur de la clarté douteuse s'infiltrant à travers le faible écartement des rideaux près desquels elle s'était mise pour travailler, on la voyait porter la vue sur son père, il était facile de deviner au long jet de flammes s'échappant de ses yeux, que son cœur, en apparence de glace, devait brûler d'un feu ardent.

Est-il des gens qui aient la conscience de leur avenir ? En est-il, sur le visage desquels l'arrêt immuable de la destinée soit écrit en signes intelligibles pour l'individu qui observe attentivement?... nous n'oserions ni l'affirmer ni le nier; toutefois, qu'il nous soit permis de demander pourquoi, l'énergie et la résignation se traduisant toujours à l'extérieur par des indices plus ou moins prononcés, il n'en serait pas ainsi de la douleur, ce travail de la pensée qui tue par le souvenir, et de l'exaltation, ce volcan qui couve sourdement sous des laves mal éteintes ou cachées.

Eh bien! à la pâleur nuancée de tons chauds régnant sur le visage de Bianca, à la teinte foncée de ses yeux bleus démesurément ouverts, au bistre de leurs paupières, aux gerbes lumineuses scintillant du fond de sa prunelle : il était facile de juger qu'elle possédait cette sensibilité d'organisation qui ressent profondément un outrage, cette chaleur d'âme qui n'oublie point les bienfaits, la fierté qui donne la force de supporter l'infortune, et, de plus, le courage qui porte à affronter les dangers ou à braver les revers.

Toute une existence de trouble se peignait donc sur cette pâle figure de jeune fille......

Ces quatre personnes ne disaient mot; enfin Éléonora rompit le silence en étouffant un bâillement prolongé, effet inévitable du léthargique grimoire de l'historiographe :

— Que fais-tu donc là, Vittorio? demanda-t-elle à son fils, d'un ton d'indifférence mal déguisée.

— Je lis, mère! répondit l'enfant avec timidité.....

— Tu lis... mais, t'es-tu bien pénétré, auparavant, de ce qu'il importe que tu saches sur l'agencement des diverses parties d'une galère?

— Oui, mère?... même que, si tu le désires, je vais te répéter tout cela de mémoire...

Et déjà il approche d'elle son petit navire...

— Non, non, mon fils : ta parole me suffit... Ah! c'est que, vois-tu, lorsque tu auras atteint ta dix-huitième année, nous t'enverrons en croisière; à ton retour, nous te ferons donner le commandement d'une galère; puis, un peu plus tard, celui d'une galéasse, n'est-ce pas, Bartholoméo?

Le vieillard fait d'abord un signe de tête affirmatif, ensuite il dit, en s'adressant à Éléonora :

— Cet empressement à voir votre fils s'élever rapidement est bien naturel chez une mère, madame; cependant, il ne faudrait point lui laisser ignorer que la jeunesse n'apprend à commander qu'en se formant à l'obéissance, c'est-à-dire en passant par tous les degrés de la hiérarchie...

Dédaignant de répondre à cette juste observation, Eléonora se contente de hausser les épaules, et, s'adressant de rechef à Vittorio, elle reprend :

— Je suis heureuse de voir que la marine ne t'inspire aucune répulsion, mon fils, car c'est la seule carrière qui convienne à un gentilhomme vénitien. Les armes, la robe, c'est tout au plus bon pour les soudards de la terre-ferme ou les citadins ennoblis...

— Défendre sa patrie sur le sol natal ou sur le pont d'un vaisseau, est également honorable, madame, et le magistrat intègre n'a pas moins de mérite à mes yeux que ceux qui combattent, objecte Capello de sa voix grave.

— Je vous en supplie, Bartholoméo, laissez-moi façonner mon fils à ma guise... Vous me contrecarrez sans cesse.... réplique Éléonora d'un ton aigre...

— Oh oui, mère! il me tarde beaucoup de

m'embarquer... Dieu! que je serai heureux quand je me verrai sur cette île de Corfou, qu'habitait la maman de ma sœur Bianca, et où papa fut provéditeur! s'écrie naïvement Vittorio.

— Votre sœur!... Taisez-vous, petit sot! reprend la Patricienne, l'œil en feu. Ah ça! vous m'avez dit tout à l'heure que vous lisiez... eh! quel est ce livre?...

— C'est l'histoire de France...

— L'histoire de France! exclame Éléonora en se dressant d'un air courroucé, l'histoire de France!... qui vous a donc mis ce livre entre les mains, Vittorio?

— Mon précepteur m'ayant donné une leçon à étudier, répond l'enfant tout craintif, je me conformais à ses ordres...

— Votre précepteur, un domestique! vous donner des ordres, à vous, un Grimani!...

— Un Capello, madame, dit le vieillard...

— Quel langage me fait-on entendre ici à présent!... Je le chasserai de chez moi, cet impudent pédagogue!

— Modérez-vous, madame... c'est moi qui ai tracé au précepteur de Vittorio la marche que je voulais qu'il lui fît suivre dans ses études, et qui, en outre, ai prescrit à mon fils de respecter en son précepteur le représentant de l'autorité paternelle...

— Voilà qui est par trop fort!... Puisqu'il en est ainsi, je le renverrai confesser ses béguines, l'abbé Pandolffi, ou cathéchiser les bambins de la lie du peuple...

— Vous me manquez de respect, madame! répond Bartholoméo en se levant aussi et se croisant les bras : que dis-je! vous perdez de vue les ménagements qu'une mère doit à l'innocence de son fils...

— C'est vous qui insultez à votre race ainsi qu'à la mienne, seigneur Bartholoméo, en transformant le descendant des Grimani et des Morosini en un fils de syndic des marchands ou de ciseleur d'orfévreries! s'écrie Éléonora, rouge de colère.

Alors, marchant vers Vittorio, elle jette devant lui le manuscrit où étaient relatées les prouesses de ses ancêtres, en lui disant :
— Lisez ceci, je vous l'ordonne! jusqu'à ce que vous le sachiez par cœur... Ses titres de noblesse et l'histoire de son pays, c'est tout ce qu'un gentilhomme de votre rang doit connaître...

Ensuite, par un geste rapide, elle lui enlève l'histoire de France des mains et en déchire les feuillets, en disant :

— Voilà le cas que je fais de toutes ces balivernes !...

— Madame! madame! vous vous oubliez! échappe-t-il au vieillard, qui s'est avancé de quelques pas, blême d'indignation.

On ne sait ce qui serait advenu de cette querelle matrimoniale entre l'orgueil et le bon sens, si la cloche destinée à rassembler les membres du sénat lorsqu'ils étaient convoqués pour délibérer sur quelque affaire importante, n'eût fait entendre ses sons lents et prolongés. Aussitôt, imposant un frein à son ressentiment, le vieillard se tut, s'efforçant de calmer son émotion, et se dirigea vers la sortie de l'appartement.

— Bartholoméo ! s'écria Éléonora, en changeant subitement de ton et en s'élançant vers son époux à l'instant où il soulevait la tenture de la porte : vous allez au *Pregadi*..... Souvenez-vous que nous avons un fils et que vous vous devez à son avenir ! !....

— Je sais quels sont mes devoirs, madame, répliqua froidement Capello ; puis il sortit.

Ici il y eut une pause de courte durée, après quoi, montrant à Vittorio un visage menaçant, Éléonora lui dit d'une voix rude :

— Et toi! grand niais!.... Je te promets une rude correction, s'il t'arrive encore de donner devant moi, à mademoiselle, le nom de sœur....

A ces mots Bianca fut près de riposter, cependant elle se contint.

— Mais... je croyais, maman!.... Papa la nomme pourtant ainsi.... hasarda timidement l'enfant, qui cherchait à se disculper.

— Tu croyais mal, et ton père agit en cela comme un homme sans jugement....

A peine Éléonora eut-elle articulé ces dernières paroles que, laissant tomber le peloton de laine qu'elle tenait à la main, Bianca quitta sa place et, d'une démarche pleine de noble fierté, se dirigea vers la porte.

— Où allez-vous? où allez-vous? exclame la marâtre en s'élançant au-devant de sa belle-fille pour lui barrer le passage.

— Je me retire, madame, répond Bianca du ton de la dignité blessée, pour ne point entendre des propos malséants sur mon père....

— Prétendriez-vous blâmer ma conduite, impertinente? reprend la mère de Vittorio, en toisant des pieds à la tête la fille de son mari.

A cette apostrophe, Bianca pose la main sur son cœur pour en comprimer les élancements, car elle se sent défaillir; mais ayant distingué un bruissement de tenture, sous l'empire d'un mouvementde délicatesse spontané, elle retourne aussitôt vers son siége.

— Qui est là? que me veut-on? demande Éléonora.

— Le réverend Fra-Fortunato désire être admis à l'honneur de votre présence, madame! dit une voix de femme, celle de Catharina, la suivante de Bianca.

— Introduisez-le....

Le moine entre et salue.

— Votre Révérence est la bien venue, dit Éléonora d'un ton satisfait : car j'ai grandement besoin de ses conseils pour recouvrer un peu de calme.... Croiriez-vous que tout le monde se ligue ici contre moi?... Patience! nous saurons bien à qui l'autorité finira par retourner..... Or ça, vous plairait-il, Révérence, que nous passions en mon oratoire?

— Le moindre de vos désirs est un ordre pour moi, dona Capello, répond le moine en s'inclinant.

— En ce cas, suivez-moi...

Au moment de franchir le seuil de l'appartement, Éléonora revint près de Vittorio et lui dit :

— Afin que vous n'ayez point le loisir de comploter avec votre *chère sœur,* ainsi que vous la nommez, vous vous voudrez bien lire et relire, de manière à m'en rendre un compte exact, le chapitre où sont détaillés les exploits qu'accomplit votre aïeul, Antonio Grimani, durant la guerre qu'il fit, en 1500, sur les côtes de la Pouille; c'est le même qui, vingt ans après, fut élevé, à cause de son mérite, à la dignité de Doge, entendez-vous?...

A ces mots, elle sortit en foudroyant Bianca.

Bartholoméo Capello descendait les degrés de son palais pour se rendre au sénat, quand Fra-Fortunato se présenta.

— Ah! vous voilà, Révérend, dit le Patricien : mon Dieu! faites-moi donc le plaisir d'insinuer à mon épouse que les altercations fréquentes qu'elle provoque entre nous, m'occasionnent un chagrin mortel... Elle ne peut que s'aliéner mon affection en continuant d'en agir ainsi... En outre, elle diminue d'autant le respect de son fils envers nous... Vous lui ferez comprendre ça tout doucement, n'est-il pas vrai, Fra-Fortunato?

— Oh! je n'y manquerai pas, mon digne seigneur, puisque tel est votre bon plaisir, répondit le moine, d'un ton obséquieux.

— Allons, au revoir, mon Révérend!... Je vous remercierai à votre prochaine visite...

Bartholoméo Capello entra dans sa gondole, et Fra-Fortunato monta les marches du palais.

Sous le péristyle, le moine rencontre une suivante. S'étant assuré qu'on ne l'observait pas, il l'appelle par son nom :

— Écoute, Catharina!... dit-il.

Catharina s'approche.

— Qu'y-a-t-il pour votre service, Révérence? demande-t-elle aussitôt.

— C'est Antonio qui t'a fait présent de l'anneau d'or que tu portes à ton doigt, ma gentille soubrette, n'est-ce pas ? conviens-en.

—D'où savez-vous cela, vous ? reprend la suivante tout interloquée...

—Drôle de question !... Ignores-tu qu'Antonio est leseulgondolier dont je me serve?... Il m'a confié vos secrets... C'est un excellent sujet qui me fait l'effet de t'aimer beaucoup... Ah! j'allais oublier de te parler d'une chose importante... Dès que tu sauras que Bianca est seule, remets-lui ce billet...

— Un billet !... d'où vient-il ?...

— Vas-tu t'effaroucher!... C'est Joachim, le frère de lait de ton amoureux qui me l'a confié ;... il vient... tu te doutes de qui, hein, friponne? et je n'ai pas besoin de t'en dire davantage... Surtout, aie soin de prévenir ta maîtresse que je suis tout disposé à épouser sa cause, malgré ce qu'elle en a pu penser... Chut! j'entends quelqu'un... Annonce-moi...

Nous avons vu comment le moine fit son entrée.

Dès qu'Éléonora et le moine se furent éloignés, l'élan qui avait soutenu Bianca s'évanouit, et les doigts qui tenaient l'aiguille s'arrêtèrent. Un instant elle resta pensive, absorbée par une douleur inerte, écoutant les sanglots de son cœur; puis, bientôt, des larmes brûlantes coulèrent silencieusement le long de ses joues, inondant sa broderie.

Combien dura cet anéantissement de ses facultés: elle ne le sut pas. Soudain, voici qu'elle sent une haleine tiède s'épanouir sur ses épaules;... elle se retourne : deux lèvres se posent sur son cou; alors elle fait un brusque mouvement en arrière et pousse un faible cri; mais, reconnaissant Vittorio, elle essuie ses larmes et lui dit en tâchant de sourire :

— Ah! c'est toi;... je t'avais oublié, mon bon frère... Tu ne m'en voudras point, n'est-ce pas, chéri?...

— T'en vouloir, Bianca!... Eh! n'est-ce pas à moi, de me faire pardonner les torts de ma mère?...

— Hélas! ce ne sont pas ceux qu'elle a envers moi qui me peinent le plus.

— Tu as raison, ma sœur, car notre excellent père a autant à endurer que nous, sinon plus, de la vivacité de maman... Saurais-tu toi, je ne le sais pas, moi, pourquoi elle ne peut pas te supporter, maman?... Tu es bonne tu es douce, tu es belle!... bien belle vois-tu! car tout à l'heure, tandis que tu pleurais en tenant tes yeux levés au ciel, ta figure, quoiqu'elle fût aussi blanche que du marbre, brillait en même temps d'une affliction si profonde et d'un éclat si éblouissant, que, te prenant pour cette image de la *Mater Dolorosa* qui est au fond d'une chapelle de l'église Saint-Marc, je fus tenté de me prosterner à tes pieds pour t'adorer....

Vittorio joignit les mains en prononçant ces dernières paroles et regarda sa sœur comme il eût fait de la Madone.

— Charmant enfant ! mon bon frère ! s'écrie Bianca, en l'attirant à elle et le pressant sur son sein....

Tout à coup Vittorio rompt ses chaînes, car il vient d'entendre un léger bruit ; ensuite, avec la vivacité de son âge, il s'élance à la place qu'il occupait auparavant près du divan, afin de ressaisir le manuscrit qu'il doit étudier ; mais, dans l'appréhension d'être surpris par sa mère se livrant aux épanchements de son amitié pour Bianca, il se trouble et donne en plein dans la console supportant son petit navire, lequel roule sur le tapis du parquet, complétement désemparé.

Comment décrire la stupéfaction et l'effroi de Vittorio?...

Cependant, au lieu des paroles sévères auxquelles il s'attend, voici qu'un rire strident et joyeux éclate derrière lui. Tournant la tête, l'enfant s'écrie:

— Méchante Catharina, quelle peur tu m'as faite!... et tu ris!... Si maman était là, tu n'oserais, je pense!...

— Et vous ne ririez guère aussi, vous, je crois, mon jeune seigneur... Voulez-vous que je vous aide à réparer votre vaisseau?...

— Non, laisse-moi, maligne! tu entortillerais exprès les cordages ou briserais les rames de ma galère...

Désireuse d'exécuter la commission dont elle avait été chargée par Fra-Fortunato, Catharina s'était mise aux aguets. Ayant vu dona Éléonora aller se renfermer dans son oratoire avec le moine, elle avait laissé s'écouler un certain laps de temps; après quoi passant la tête par la portière, elle avait voulu s'assurer que Bianca était seule. C'est à ce moment qu'avait eu lieu le naufrage en question.

Tandis que Vittorio répare de son mieux

les avaries occasionnées par l'arrivée impromptue de la soubrette, celle-ci s'approche de sa maîtresse, un doigt sur les lèvres ; ensuite, se placant de manière à ce qu'il soit impossible à l'enfant d'apercevoir ce qu'elle va faire, elle tend le billet à Bianca.

Sous le coup d'une grande douleur, comme en présence d'un danger imminent, l'esprit s'égare parfois et, parce que devant la mort qui le menace, l'homme sur le point de se noyer se rattraperait à une barre de fer rouge, de même celui que les peines morales écrasent, ouvre son âme avec empressement à la mòindre lueur d'espérance, alors surtout qu'elle est enveloppée de mystère. — Heureuse, Bianca eût repoussé le papier que lui offrait sa suivante ; — malheureuse comme elle l'était, elle le prit et le cacha dans son corsage.

— De qui est-il ? demanda son regard.

— *De lui !* répondit celui de Catharina.

Bianca tressaillit...

Quant à Catharina, après avoir agacé de nouveau Vittorio, elle s'esquive.

Redevenu libre, l'enfant retourne vers sa sœur. Celle-ci, encore émue de l'indiscrétion qu'elle vient de commettre, et sentant le billet lui brûler la poitrine, ne répond d'abord que froidement aux marques d'amitié qu'il lui prodigue, cependant, s'échauffant peu à peu à ses naïves caresses, elle se met à l'unisson avec lui...

— Serais-tu encore malade, ma sœur? demande Vittorio, qui, ayant porté son tabouret près de Bianca, se tenait presqu'à genoux devant elle, plongeant de bas en haut son regard limpide dans ses yeux baissés, tandis qu'elle jouait avec ses blonds cheveux.

—Non. Qu'est-ce qui te le ferait supposer, bon ami?...

— Hum! c'est qu'un instant après la sortie de cette folle de Catharina, il m'a semblé que tu étais tantôt plus rouge tantôt plus pâle qu'à l'ordinaire...

— Ne sais-tu pas, Vittorio, qu'à la suite de cet horrible accident du Vendredi-Saint?...

—Ah!... en effet, chère sœur... j'oubliais que, depuis cette époque, tu es sujette à des indispositions subites... heureusement qu'elles ne sont pas de longue durée... Tiens, regarde-toi dans la glace de l'encoignure, et tu verras que ton beau teint de lys a reparu déjà...

— Dangereux flatteur! répondit-elle, en lui tapotant la joue.

Ensuite elle se mira coquettement dans la glace en souriant à son frère...

— A propos! reprit Vittorio, comme s'il se fût ravisé; ce généreux inconnu qui te sauva la vie et te rapporta ici dans ses bras, ne l'as-tu pas revu, ma sœur, et n'aurais-tu rien découvert sur son compte?

— Je ne l'ai plus revu et n'ai rien appris qui le concerne, répondit Bianca d'une voix troublée...

— C'est singulier! Papa était absent alors, mais maman eût dû faire sur-le-champ des démarches pour le découvrir, n'eût-ce été que par politesse... Je voudrais bien le connaître, moi!...

— Changeons de conversation, Vittorio, je t'en prie, réplique Bianca, visiblement inquiète...

— Puisque ce sujet te déplaît, petite sœur, je ne t'en reparlerai plus; aussi-bien, te voilà encore blème comme tout à l'heure.

Après cette remarque, Bianca ayant affecté de paraître gaie afin de donner le change à son frère, celui-ci s'en alla quérir sa galère, et la montrant fièrement à sa sœur :

— Vois, dit-il, j'ai déjà remédié aux dégâts causés par cette taquine de Catharina... Le gouvernail est replacé, les cordages sont rattachés... il n'y a qu'un petit bout de mât d'artimon que je ne puis rajuster... Au surplus maman ne s'en apercevra pas, je l'espère...

—Tu as donc un goût bien prononcé pour la mer, Vittorio?...

— Si je l'aime? je le crois bien! A partir du jour où j'entendis, sans qu'elle se doutât que j'y prisse garde, maman soutenir à notre papa qu'il fallait qu'on te mît au couvent, je ne rêve plus que navire...

— Pourquoi donc? dit Bianca fort intriguée.

—A cause que, quand je serai capitaine, je te cacherai dans ma galère... et là, si on t'y venait chercher, ah! ah! c'est que je te défendrai moi, va!...

Touchée de la tendresse de son frère, Bianca ne put répondre à cet élan expensif que par un regard de reconnaissance; l'enfant poursuivit [illegible]

— Une fois doge..... car tu sauras que *mère* veut absolument qu'il y ait un doge du nom de Capello, comme il y en a déjà eu un du nom de Grimani et trois de celui de Morosini.... une fois doge, tout le monde m'obéira, n'es-ce pas? Eh bien! malheur à quiconque aurait l'intention de te causer du chagrin!...

—Cœur d'or!... murmura Bianca. Ah! si on cherche à t'inculquer l'orgueil des Grimani, en revanche, la nature t'a doué de la bonté des Capello!...

Et le frère et la sœur se mirent à jouer ensemble.

La conversation qui eut lieu dans l'oratoire d'Éléonora fut longue. La grande dame et le moine n'avaient pas été continuellement d'accord, nous devons l'avouer; cependant, lorsque Fra-Fortunato fut au moment de se retirer, Éléonora finit par lui dire :

— Je me rends à vos avis, mon Révérend, et j'humilie ma volonté devant votre expérience..... Allons, agissez comme il vous plaira; de mon côté, je m'engage à fermer aveuglément les yeux sur tout ce qui en pourra résulter.

— Mon Dieu! madame, ce que je vous en dis est uniquement dans votre intérêt... Que, plus tard, lorsque le rapt sera perpétré, vous jetiez les hauts cris : chacun approuvera votre juste colère... mais que vous ne laissiez pas le temps à votre belle-fille de consommer sa folle entreprise, et cela pour le futile avantage de la pouvoir écraser sous le poids de votre indignation : c'est par trop vouloir s'exposer à la critique... Soyez sûre, madame, qu'on ne manquerait pas de vous accuser d'avoir ourdi cette intrigue vous-même, afin de vous mieux débarasser de Bianca... Et encore, réfléchissez-y :... tant que la chose serait réparable, votre époux ne perdrait pas l'espoir de la réparer... Supposer qu'il ne ferait pas tous ses efforts pour réhabiliter sa fille, ce serait ne pas connaître votre mari, madame...

— Puisque je me rends, vous ai-je dit, Fra-Fortunato, ne revenons donc plus sur ce chapitre... je vous laisse carte blanche... Eh!... à quand le grand jour?...

— Je ne puis vous l'apprendre, l'ignorant

moi-même, madame... Néanmoins, je vous affirme qu'il ne dépendra pas de moi que ce ne soit bientôt... La crise se déclarera peut-être, au moment où nous nous y attendrons le moins... dans huit jours, dans un mois, aujourd'hui : qui le sait?... les circonstances en décideront...

— Bon! bon! mais, de grâce, dépêchez-vous, Fra-Fortunato, car je brûle d'impatience...

— Et moi aussi, madame,... reprend le moine en lançant un regard ardent sur Éléonora; la récompense que vous m'avez promise au cas où je réussirais, au gré de vos désirs, dans cette affaire, étant de nature à singulièrement activer mon zèle, je vous le jure!...

— Tenez votre parole et je tiendrai la mienne, répond Éléonora Capello en minaudant... Mais, j'y songe : il vous faut de l'argent... vous aurez sans doute quelqu'un à corrompre, et l'or est un argument irrésistible auprès du vulgaire...

— Oh! merci, madame, merci!... je puis suffire seul à ces menus frais...

— Je ne le supporterai pas, Fra-Fortunato!

D'ailleurs, que de reproches n'aurions-nous pas à nous faire, si le coup manquait faute d'avoir semé à propos quelques pièces d'or... Tenez, ajouta-t-elle en se dirigeant vers un meuble où elle prit une sacoche filochée qu'elle remit au moine, vous avez là plusieurs centaines de sequins, je pense... ne les ménagez pas, et revenez à la charge aussi souvent que cela sera nécessaire...

— Vous serez obéie, madame...

Ici Fra-Fortunato feignit de vouloir prendre congé d'elle; mais, à peine eut-il fait cinq ou six pas vers la porte qu'il rebroussa chemin...

— Il est bien convenu, madame, n'est-ce pas, qu'à partir de ce jour, afin d'écarter les soupçons que votre mari, ainsi que Bianca, pourraient concevoir touchant notre entente cordiale, vous me montreriez devant eux un visage peu bienveillant, et que, par contre, vous leur feriez mille avances?.. Cependant cela ne suffit pas... Aurais-je tort de penser qu'il serait avantageux à vos projets que je cherchasse à m'insinuer dans les bonnes grâces de votre belle-fille? Soit dit entre nous, dona Éléonora, elle me paraît n'avoir qu'une médiocre confiance en mes dispositions à son égard, l'orgueilleuse Bianca...

— Par la couronne d'épines! vous êtes un habile homme Fra-Fortunato... Oui, c'est ça même; il importe qu'elle vous croie de son parti... Donc! que dois-je faire pour vous faciliter les voies, Révérend?...

— Tout simplement l'inviter, sans nul retard, à recevoir mes exhortations en particulier, alors que je supposerai devoir lui en adresser dans l'intérêt de la cause.

A cette ouverture, Éléonora darde sur le moine son œil de vipère; mais son confident n'ayant point sourcillé sous ce regard, elle reprend :

— Effectivement, voilà qui est d'une politique consommée; aussi, dès ce soir même, donnerai-je l'ordre à mes gens de vous introduire quand il vous conviendra dans l'oratoire de notre belle éplorée.

— Au revoir donc, céleste dona, et à bientôt les nouvelles...

Ce disant, Fra-Fortunato baisa la main que lui tendait Éléonora et sortit.

— Désormais, c'est une guerre d'extermination entre elle et moi... Oui, je le jure sur ma part de paradis! devrais-je... je ne sais quoi!... il faut que l'une de nous deux y succombe... — L'heureuse trouvaille que ce moine! Il n'est pas beau, convenons-en! Pourtant, c'est un adroit compère, et cette seule considération peut faire passer sur beaucoup d'autres...

Voilà ce que dona Éléonora se disait intérieurement, tout en retournant au salon, quelques instants après le départ de Fra-Fortunato. Qu'on juge par là de sa haine pour la malheureuse Bianca.

CHAPITRE IV.

La séance du Sénat étant terminée, Bartholoméo Capello revint à sa demeure.

Le front du vieillard était soucieux, sa figure avait perdu sa sérénité habituelle et le calme semblait être sur le point de l'abandonner, de même que s'il lui fût arrivé quelque événement facheux : tel il se montra aux yeux de ses enfants.

Heureux de pouvoir lui prouver leur tendresse, sans en être empêchés par la présence d'Éléonora ; inquiets à la vue de l'expression inaccoutumée, répandue sur ce visage d'ordinaire si bienveillant, le fils et la fille du vieux gentilhomme s'élancèrent à son cou au moment où il parut sur le seuil de l'appartement.

— Qu'as-tu, père ? demanda Vittorio... On te dirait souffrant...

— Mon bon père !... vous avez du chagrin... Oh! que ne donnerais-je pas pour qu'il me fût possible de le dissiper! exclame Bianca avec sollicitude.

— Moi souffrant? moi chagrin? quand je vous serre dans mes bras! Non, mes enfants, non! rien ne manque à mon bonheur; bien plus, le touchant spectacle de votre union fraternelle m'emplit d'aise et de joie... Que Dieu en soit loué!

Enlacés tous les trois, ils formaient un groupe ravissant, quand, à la voix d'Éléonora, les enfants se déprirent vivement de leur père.

— Oh! oh! dit Éléonora en entrant, je suis ravi de voir, Bartholoméo, que vous partagiez votre affection en deux parts égales, à vos deux enfants... A vrai dire, j'ai bien été un tant soit peu jalouse de Bianca, présumant que vous la préfériez à Vittorio... A présent, persuadée du contraire, j'essaierai de prouver à votre fille, qu'il est dans mon cœur une place vide qu'il lui sera aisé d'occuper, si cela lui plaît...

Étonnée de ce langage, Bianca s'incline; mais le sourire qu'en relevant la tête elle surprend sur les lèvres de sa belle-mère, éteint aussitôt le sentiment près d'éclore en son cœur.

— Que tu me fais donc plaisir, mère! exclame Vittorio en battant des mains et trépignant.

— Silence! petit étourdi... de quoi te mêles-tu donc?...

— Peste! pensait à part lui Bartholoméo, le sermon de sa Révérence opérerait-il sitôt?...

Ensuite ayant, d'un geste, remercié son épouse, il lui dit :

— Éléonora, ce peu de mots m'ont fait un bien infini... Je prends donc acte de vos paroles, désirant de toute mon âme ne point être obligé de vous les rappeler...

Il allait être nuit; l'arrivée du valet qui avait dans ses attributions le soin du luminaire, épargna une seconde tromperie à Éléonora, en la dispensant de répondre à son mari; mais à peine le valet fut-il parti, qu'elle s'approche de Bartholoméo, le conduit à l'embrasure d'une croisée, et lui dit d'un ton câlin :

— Tu ne me parles point de ce qui s'est traité au sénat... pourtant, j'avais comme un vague pressentiment que tu m'en rapporterais quelque agréable nouvelle...

— Vos pressentiments ne se sont point réalisés, madame... loin de là! reprend Bartholoméo d'un ton grave.

— Comment, loin de là?... Qu'est-ce que cela signifie, seigneur Capello? s'écrie Éléonora d'une voix sourde, en s'efforçant de se contenir.

Reconnaissant, trop tard, hélas! qu'il en a trop dit, Bartholoméo essaye d'une échappatoire; mais il n'est pas facile d'en imposer à Éléonora, de sorte qu'il en est bientôt réduit à dire :

— Pourquoi me presser davantage, madame! Vous n'ignorez cependant pas qu'il est formellement interdit aux sénateurs de divulguer le résultat de leurs délibérations... Manquer à cette règle pour satisfaire votre curiosité, serait de ma part une infraction sans nul précédent...

— Vous plairait-il que je fasse retirer Vittorio et Bianca?... Leur présence vous gêne, peut-être?... demande Éléonora qui poursuit opiniâtrement son idée, et se violente pour garder encore un reste de ménagement.

— Ce serait inutile; eux présents ou absents, je n'en serai ni plus ni moins communicatif, Éléonora, répond le vieillard.

— Ah! prenez garde, Bartholoméo!... vos hésitations, vos subterfuges, m'inspirent de vilains soupçons!...

Le regard de l'altière Grimani commençait à devenir haîneux.

— Lesquels, madame? demande Bartholoméo Capello sans s'émouvoir.

— Que vous n'ayez méconnu vos devoirs de père et de patricien... Que vous n'ayez oublié de quel sang je suis issue... Que vous n'ayez en un mot commis une lâcheté, seigneur Capello!... s'écrie, l'œil flamboyant, dona Éléonora, en qui le naturel avait déjà repris le dessus malgré qu'elle se fût promis de dissimuler.

— Quant ce serait?... Suis-je donc tant coupable, d'avoir voulu éviter une mauvaise action, dona Eléonora, et, pour ce fait, auriez-vous le droit, de me reprocher ma conduite? réplique Bartholoméo d'une voix éteinte.

C'était avec une profonde anxiété que Vittorio et Bianca assistaient à ce démêlé... Tout à coup, ils laissent échapper tous deux un cri d'effroi... Vittorio se précipite vers son père qu'il étreint, et Bianca, après s'être dressée, retombe sur son siége, glacée d'épouvante...

— Qu'est-ce donc? s'écrie Éléonora...

— Qu'avez-vous, mes enfants? exclame à son tour Bartholoméo...

Ce fut là tout ce qu'il put articuler, car la parole venait d'expirer sur ses lèvres, à la vue d'une apparition sinistre.

Éléonora s'est évanouie; néanmoins, l'abandonnant aux mains de Vittorio et de Bianca, le vieillard se dirige en silence vers la porte de l'appartement, où, de l'index, un homme vêtu d'une robe violette à manches ducales, portant un chaperon de même couleur, et dont le haut du visage est recouvert d'un masque noir, lui fait signe de le suivre.

Cet homme, c'était un des membres du conseil des Dix, un des trois *Inquisiteurs d'État!!*...

Tandis qu'il conduit le terrible juge en un endroit secret de son palais, Bartholoméo Capello, on le conçoit, est en proie à la plus profonde émotion; cependant, son air était calme et sa démarche assurée : indices d'une conscience pure.

Après avoir désigné du doigt un siége à Bartholoméo, l'inquisiteur d'État s'asseoit en face de lui, afin de pouvoir étudier au jeu de sa figure la véracité de ses réponses ; puis il procède en ces termes à son interrogatoire :

— Tu ne m'attendais pas sitôt probablement, Capello ?

— Il est vrai, excellence... Toutefois, je ne suis pas fâché qu'on m'offre ainsi une prompte occasion de justifier ma conduite aux yeux de la Seigneurie...

— La Seigneurie n'a rien à faire ici, et c'est de nous seuls, les Dix, que tu es justiciable en ce moment.

— J'attends avec confiance l'arrêt de leur justice suprême...

— Avec confiance, dis-tu ?... Tu sais pourtant que, soit pour éviter que la division et le désordre ne se mettent parmi les membres de cette aristocratie florissante qui fait la gloire de Venise, soit pour les retenir dans les bornes du pouvoir, le *consiglio excelso* veille incessamment comme une *verge pleine d'yeux*... Tu sais qu'il n'est pas nécessaire qu'il trouve des crimes pour punir, et que l'apparence lui suffit!...

— Je le sais...

— Tu sais aussi, sans doute, que Piétro Gradenigo, l'illustre réformateur, celui qui écrasa la tête de l'hydre populaire en fondant, à Venise, l'ordre de la noblesse, n'eut en vue, lorsqu'il institua le conseil des Dix, que d'élever un temple à la crainte comme à la seule divinité capable d'assurer le maintien des lois et la conservation d'un État aristocratique...

— Je le sais aussi...

— Enfin, tu ne dois point ignorer qu'afin de conserver leur puissance intacte, les nobles abandonnent sans pitié à notre tribunal, ceux d'entre eux qui ont encouru sa disgrâce...

— Je ne l'ignore pas...

— Eh bien! toi Bartholoméo Capello, inscrit au livre d'or, ex-capitaine de Galéasse, ex-provéditeur général, ex-sage-grand, et maintenant sénateur : je te somme d'avoir à nous déclarer, à nous inquisiteur d'État, les motifs qui ont pu te porter à refuser la dignité d'ambassadeur à la cour de Pologne, dignité qui t'avait été conférée, aujourd'hui même, par une délibération du prégadi... Réfléchis avant de répondre; songe que toutes tes actions, toutes tes pensées nous sont connues et que la moindre imposture, la moindre tergiversation, la moindre réticence serait punie sévèrement... A présent, je t'écoute, Bartholoméo Capello...

— Est-il utile à ma patrie que je meure?... vous me voyez prêt à ce sacrifice, excellence!... s'écrie le vieillard, sur le visage duquel brillait une sombre ardeur.

— Si nous avions présumé que ta mort pût être de quelque utilité à la chose publique, c'est-à-dire dût profiter à la noblesse, serais-je ici, Capello? reprend d'un ton froid comme la tombe, le membre du conseil des Dix; puis, après une légère pause, il ajoute: Parle donc sans détours et sans nul retard...

— J'avais cru, excellence, qu'arrivé à ma septante-deuxième année (je naquis avec le siècle), dont cinquante-sept ont été consacrées au service de la République, car je fis ma première campagne de mer à l'âge de quinze ans : je croyais, dis-je, actuellement que mes facultés s'affaiblissent et que mes forces sont épuisées, qu'il aurait été plus profitable au pays que ce fût un autre que moi qui remplît les fonctions délicates d'ambassadeur extraordinaire.

— Erreur!... Puisqu'on avait jugé à propos, malgré ton grand âge, de te confier une aussi importante mission, c'est qu'on te savait autant capable que tout autre de la remplir convenablement... En effet, loin de rechercher les esprits brouillons ou les gens trop habiles, le Sénat n'a-t-il pas l'habitude de n'employer que des négociateurs dont la docilité lui soit connue?... Qu'ils exécutent ses ordres, qu'ils suivent leurs instructions au pied de la lettre, voilà tout ce qu'il exige de ses mandataires ; voilà ce qu'il est impossible que tu puisses prétendre ignorer!... Par ainsi, je te ferai observer, Capello, que tes excuses ne sont pas admissibles et que les raisons que tu allègues de ta conduite ne me semblent pas avoir été suffisantes pour te décider à un refus dont les suites peuvent t'être bien funestes : la confiscation, le bannissement, la mort!... prends-y garde!...

— Vous me pressez excellence... eh bien! je l'avoue, des considérations de famille, des considérations d'un ordre on ne peut plus relevé, ont beaucoup contribué à m'inspirer une résolution qui, je le vois avec peine, a eu le malheur d'encourir votre blâme...

— Les nobles recevant tout de l'État par le seul fait de leur naissance, ils lui doivent tout. Age, santé, intérêts privés, affaires personnelles ou domestiques, rien ne saurait donc les dispenser de cette servitude... Il faut en vérité, Bartholoméo, que tu aies eu de bien graves sujets de préoccupation pour que tu en sois venu à oublier ce principe, toi qui fis si souvent preuve d'abnégation; toi qui, durant le siége de Rhodes, soutins, avec ta seule galéasse, un combat acharné contre six galères turques; qui, plus tard, parvins à introduire une escadre dans le port de Malte, malgré que cette île fût attaquée par toutes les forces de l'empire Ottoman; qui, étant provéditeur à Corfou, géras avec tant d'intégrité les affaires de la République, qu'au sortir de charge tu versas dans les coffres de l'État la majeure partie des fonds qu'on avait jugé devoir mettre à ta disposition; toi, enfin, qui as été cinq fois réélu sage-grand!... Voyons, achève de me déduire les véritables causes d'une semblable détermination de ta part...

— Excellence, j'ai deux enfants : l'un, privé de sa mère, est une fille; l'autre, issu de mon mariage avec dona Éléonora Grimani, est un garçon... Mon épouse actuelle abhorre ma fille, et moi je l'aime comme j'aime mon fils... Mon épouse désirerait que ma fortune échût sans partage à son fils, et moi, qui voudrais que ma fille fût heureuse, je prétends la doter assez largement pour qu'elle puisse faire un mariage sortable... En acceptant le poste d'ambassadeur en Pologne, j'abandonnais ma fille à l'inimitié de sa belle-mère... Oui, j'en ai la ferme conviction, à mon retour j'eusse retrouvé Bianca, soit l'épouse du Doge Mocénigo qui, vous le savez, a quatre-vingts ans à cette heure, soit renfermée en un couvent... Or, cette perspective m'était intolérable, et c'est pourquoi, excellence, j'ai osé refuser la faveur insigne dont on a voulu m'honorer...

— Ta femme, Bartholoméo, est une vraie patricienne, qui a le cœur et l'esprit de sa caste; aussi, est-ce à la bonne opinion que nous avons de ses principes, qu'elle est redevable de ne point avoir été tracassée par les censeurs à cause du luxe qu'on lui voit déployer en public... Mais, dis-moi donc à qui nous pourrions confier les emplois dans lesquels ceux qui en sont revêtus sont obligés de dépenser des sommes considérables pour faire honneur à la République, si cette sorte de cumul dont tu parles ne se pratiquait pas ?... Il nous faut de grandes fortunes pour imposer aux cours étrangères ; grandes fortunes que nous surveillons de plus près encore que les autres, mais dont nous nous servons, cependant, parce que c'est nous qui les avons faites ce qu'elles sont... Quant aux filles nobles, elles ne sont bonnes qu'à deux choses : lorsqu'elles sont riches, relever les maisons ruinées ; prier Dieu, lorsqu'elles sont pauvres ou bien qu'elles ont des frères dont elles rogneraient le patrimoine... Je sais fort bien que cela n'est pas toujours de leur goût, qu'elles n'ont pas toutes de la vocation pour le cloître... eh ! qu'importe ?... C'est un trop petit malheur, en comparaison des avantages immenses qui en résultent, pour qu'on s'occupe des pleurnicheries de ces donzelles... Puis, n'agissent-elles pas selon leur fantaisie, derrière les grilles et sous la guimpe?... Certes ce n'est pas nous qui leur sommes sévères, tant s'en faut!... Enfin, les affections que ces arrangements froissent, ne doit-on pas les étouffer en pensant aux intérêts de l'État?...

— Mon Dieu! mon Dieu! ayez pitié de moi, car ma fille est perdue! s'écrie Bartholoméo, pâle d'angoisse...

— Ta fille est perdue, dis-tu? Que ne lui fais-tu épouser le Doge?... Grand malheur, parbleu! que de jouir de la vénération du populaire et d'avoir l'assurance d'être bientôt veuve, c'est-à-dire maîtresse de soi...

En entendant l'inquisiteur d'État lui exposer d'un sang-froid terrifiant, ces exécrables doctrines, Capello sentit ses entrailles de père se soulever et il maudit le ciel de l'avoir fait naître sous un gouvernement qui ne respectait aucune des affections généreuses que Dieu a mises au cœur de l'homme.

Un moment, il fut sur le point d'implorer la miséricorde de son juge, non pas pour lui mais pour sa fille : les regards froidement cruels qu'il surprit par les ouvertures du masque de l'inquisiteur l'en dissuadèrent.

Aussi, ne voulant pas donner le spectacle d'un abaissement inutile, il courba la tête et se tut, après avoir, néanmoins, laissé échapper cette exclamation involontaire :

— Ah ! vous n'êtes pas père, excellence!!!...

Ensuite, le grand sacrificateur acheva de plonger le couteau dans le sein de sa victime.

— Ton refus est d'un trop mauvais exemple, Capello, ajouta-t-il, pour qu'il reste impuni. En conséquence, tu auras à verser dans la caisse du conseil des Dix, une somme de cinq mille ducats pour servir, en guise de provision, à celui qui te remplacera au poste d'ambassadeur en Pologne. En ce qui a trait à ta fille (et, ne t'y trompe point : ceci est une des principales causes de ma visite), tu la marieras au doge avant l'expiration de la quinzaine, ou tu la mettras au couvent *delle Virgini*... telle est notre volonté! — Dans le premier cas, ce mariage nous vaudrait quelques fêtes... Il faut bien que nous l'amusions, ce bon peuple de Venise! — Dans le second, ton fils Vittorio serait mis, grâce à ses richesses, en position de figurer dignement au service de l'État. — Tu choisiras toi-même entre ces deux partis...

— Hélas! que vous a-t-elle fait, ma fille? et devez-vous punir sur une innocente la faute de son père?

— Ce n'est pas avec du sentiment qu'on fait de la politique, Capello, pas plus qu'avec de la justice!... Or, les livres saints, tout autant que nos annales, fourmillent d'exemples pareils...

— Prenez mon sang, prenez ma vie! mais, au nom du ciel! épargnez l'unique gage d'un hymen malheureux...

— Trève à ces jérémiades, Bartholoméo, et prête-moi toute ton attention, car c'est actuellement que la question va s'aggraver... Tu te targuais, naguère, de la pureté de ta conscience, et moi je te dis que tu en as assez fait pour mourir entre les deux colonnes de la place Saint-Marc ou au fond du canal Orfano...

— Moi, excellence!... on aura surpris votre religion par des calomnies...

— Ne te fis tu pas expédier de Corfou, il y a cinq ans environ, deux navires chargés de sel, dont, par ton ordre, la cargaison fut vendue beaucoup au-dessous du cours?...

— La misère était grande, alors, parmi le

peuple de Venise, excellence, et cette denrée lui manquait, les corsaires barbaresques s'étant emparés du tribut en nature que cette île paie à la seigneurie...

— Deux ans après, n'as-tu pas fait distribuer six cents fanègues de blé que tu avais tiré de l'Albanie?...

—Oui, en effet; mais la disette menaçait... Serait-ce donc un crime de porter de l'intérêt aux pauvres gens?

— Il y a quinze mois ou à peu près, seulement, n'as-tu pas racheté de tes deniers une vingtaine de coquins qu'on avait condamnés aux galères pour dettes?...

— Quoi! me reprocherait-on jusqu'à mon humanité?...

— Ton humanité? dis ta trahison! N'était-ce pas pour capter l'attachement du populaire et jeter de la défaveur sur les nobles qui se comportent différemment, que tu en agissais ainsi?... Capello! Capello! l'État seul a le droit de faire des largesses, et c'est commettre un crime impardonnable que de lui être suspect... Capello! Capello! la fin tragique ou mystérieuse des Lorédan, qui apaisaient les émeutes par leur présence; des Badoër, qui gaspillèrent leur fortune en aumônes; des Cornaro, qui ont nourri la populace durant une famine entière; et de tant d'autres imbéciles qui se croyaient vertueux, eux aussi, aurait dû te servir de leçon!... Rends donc grâce à l'indulgence avec laquelle nous te traitons, et sois plus prudent désormais... — Sur ce, je te quitte...

Atterré, non point tant par l'apparente gravité d'inculpations qui, bien qu'imaginaires, suffisaient cependant pour l'envoyer au supplice, que par l'iniquité d'une sentence dont tout le poids devait retomber sur la tête de sa fille, Bartholoméo Capello ne put trouver une parole pour répondre à l'inquisiteur d'État, et n'eut même pas la force de se lever de son siége pour le reconduire; ce que voyant, ce dernier dit au vieillard :

— Je t'aurais supposé plus d'énergie, Capello; néanmoins, comme ta douleur me peine, je veux, malgré tes cheveux blancs, et au risque de blesser ton cœur en lui arrachant sa dernière illusion, je veux, dis-je, t'instruire de certaines particularités qui, je l'espère, t'engageront à t'apitoyer un peu moins sur l'avenir de ta fille.

A ces mots, le vieillard ayant relevé brusquement la tête, l'inquisiteur poursuivit :

— Auparavant d'aborder un pàreil sujet, pourrais-tu me dire, Bartholoméo, ce qu'est venu faire à Venise certain supérieur des camaldules dont les démarches nous ont été signalées?...Fra-Fortunato : c'est ainsi qu'on l'appelle, je crois...

— Effectivement, tel est son nom, Excellence...

—Nous avons l'œil sur lui..., qu'il y fasse attention!

— C'est l'ancien précepteur du cardinal Ferdinand de Médicis, un des fils du grand-duc de Toscane... Le Patriarche d'Aquilée, Jean Grimani, l'oncle de ma femme, me l'ayant chaudement recommandé, je n'ai pu me dispenser de lui ouvrir ma demeure... Au reste, d'après ce qu'il m'a donné à entendre, il n'est ici que pour recueillir des legs pieux destinés à l'agrandissement du monastère dont il est abbé...

— Hum! si la chose est telle que tu me l'annonces nous n'avons rien à y voir; d'ailleurs, nous aviserons à tirer ceci au clair, avant qu'il soit peu... —Par contre, nous ne sommes que trop fixés en ce qui concerne dona Bianca...

Capello regarda l'inquisiteur comme s'il n'eût pas bien compris ses dernières paroles; toutefois, ne pouvant réprimer l'inquiétude qui s'éveillait en lui, il s'écria :

— Grand Dieu ! que voulez-vous dire, Excellence?... Le sens de ce discours m'échappe...

— Ta fille aurait eu une amourette avec quelqu'un de nos jeunes nobles, elle se fût même livrée à un quidam de la lie du peuple, pourvu qu'il eût été Vénitien, nous ne nous en serions pas offusqués... Certes, tu dois savoir combien est grande notre tolérance sur cette sorte de matière... Mais, qu'elle s'éprenne d'un étranger, d'un inconnu, d'un homme sans valeur, sous le beau semblant de la reconnaissance, et cela assez sérieusement pour que nous ayons à redouter qu'elle s'unisse à lui clandestinement, qu'elle traîne dans la boue un des noms les plus illustres de la noblesse vénitienne, et qu'elle fasse passer ta fortune sur la tête d'un individu qui ne nous est rien : —Voilà ce que nous ne saurions permettre; voilà ce que nous saurons bien empêcher!...

— De qui parlez-vous? Quel est ce misérable? exclame le vieillard au comble de la stupéfaction.

— Comment! reprit l'inquisiteur, ta perspicacité n'était pas allée jusqu'à t'expliquer le morne abattement auquel ta fille est en proie?... L'origine de cette pâleur qui frappe tous les yeux, sa perpétuelle tristesse, son mépris des joies du monde, ces choses et mille autres qu'il serait superflu de rappeler ici, t'avaient donc échappé?...—Aveuglement incroyable!... — Eh bien! sache que Bianca aime éperdûment celui qui, le jour du Vendredi-Saint, la préserva des flammes, — l'agent d'affaires des Salviati (un prolétaire florentin dont tu as dû certainement entendre parler), — et que ce drôle excite la passion de ta fille avec une effronterie peu commune, car il ne manque jamais de se montrer sur vos traces aussitôt que vous paraissez en public... Ont-ils dépassé les bornes de l'amour platonique : ma foi! je n'en puis répondre; cependant, au vu et connu d'un chacun, il est constant qu'ils ne cessent de correspondre du regard dès qu'ils se trouvent en présence, de telle façon qu'il n'y a peut-être que toi, dans Venise, pour qui leur ridicule intrigue soit encore un secret...

A cette révélation inattendue, Capello demeura plusieurs secondes comme étourdi sous le coup qui venait de lui être porté.... Soudain, il s'opère en lui une révolution complète; relevant la tête, il se redresse de sa hauteur, marche résolûment à l'inquisiteur et lui dit du ton de la dignité offensée :

— Tant que vous n'avez fait qu'incriminer ma propre conduite, j'ai respecté vos appréciations, Excellence, et me suis incliné devant l'arrêt de votre justice; mais du moment où vous attaquez la vertu de mon enfant par d'aussi affreuses insinuations, mon orgueil de père et ma fierté de gentilhomme s'unissent pour se révolter contre vous...Oui, le rang que j'occupe, mes titres, mes biens, ma vie et celle de ma famille entière, sont la propriété de l'État... Qu'il s'en empare, qu'il les reprenne s'il le juge convenable... Quant à ce qui est de mon honneur, quant à ce qui est de celui de ma fille : oh! oh! sachez-le, il n'est pas de tribunal autre que celui de ma conscience auquel je reconnaisse le droit de m'en déposséder... Moi seul puis être un juge infaillible dans cette affaire !.... — Et pourquoi n'en serait-il pas ainsi?... Mes trésors, d'à présent, mes dignités d'autrefois, ma réputation de jadis, mon existence à venir : ai-je donc tant à m'en embarrasser, moi qui touche au terme de ma carrière?... Que me fait le courroux du conseil des Dix!... Que me fait sa vengeance!... Mon amour paternel, dont on se serait joué ; la confiance illimitée que j'avais mise en une indigne et qu'elle aurait trahie; les sentiments sacrés qui couvaient au fond de mon sein, l'affection sacro-sainte dont mon âme était embrasée : sentiments, affection, qu'on aurait conspués ; enfin, le légitime orgueil d'un patricien dont, depuis six cents ans, la race est pure de toute mésalliance, orgueil qu'on aurait ravalé... Ah! tel est le crime abominable dont mon cœur saignerait au cas où vos propos seraient exacts!... Telles sont les imputations que j'eusse punies de mort, j'en jure la vraie croix,... si jamais un imprudent eût été assez osé pour les risquer à mes oreilles!... Oui, je le sens, mon bras eût retrouvé sa force pour le frapper!...—Mais il est impossible, ce tissu d'abomination, n'est-ce pas, Excellence?... Dites, je vous en conjure! que je me suis mépris sur la portée de vos paroles!... Dites que j'ai mal interprété vos discours!... ou bien tenez, vous l'avouerai-je? Un soupçon étrange s'est glissé dans mon esprit... Êtes-vous bien un des membres du conseil des Dix? Ne seriez-vous pas plutôt un conseiller téméraire qui auriez pris ce déguisement afin de me disposer mieux à suivre une ligne de conduite plus conforme aux désirs des parents de ma femme?... Cette supposition, quelque étrange qu'elle vous semble, je m'y rattache avec frénésie, voyez-vous, car c'est mon unique et dernière espérance!...—Qui que vous soyez, je vous le déclare donc; vous ne sortirez point de cet appartement que vous ne m'ayez démontré qu'il vous était permis de me tenir un semblable langage, c'est-à-dire, que vous n'êtes point un imposteur...

Tandis qu'il prononce cette menace, le vieillard se place entre son interlocuteur et la porte de sortie, le front haut, l'œil ardent...

— Tu commets là, envers l'autorité suprême du conseil des Dix, un acte de rébellion inoui! s'écrie l'inquisiteur d'une voix sourde... Ah! cette prétention te sera fatale, Bartholoméo!...

— Eh! qu'ai-je à risquer de plus? exclame Capello qui, dans son trouble, porte la main à sa ceinture pour en retirer un poignard...

— Malheureux! songe qu'en agissant ainsi tu te prives de la seule consolation qui te reste, à savoir de ne pouvoir plus douter que tes amis eux-mêmes désapprouvent ta coupable faiblesse....

— Des amis! en est-il qui me défendraient contre vous... Non! c'en est fait.., j'exige que vous vous fassiez connaître à moi...

— Tu le veux... sois donc satisfait!...

Ce disant, l'inquisiteur d'État arrache son masque et découvre aux yeux du vieillard consterné, les traits de quelqu'un qui lui a toujours témoigné la plus sincère amitié : ceux d'un patricien jouissant de l'estime de tous, le premier personnage de la République après le Doge : en un mot, Sébastien Vénier, l'illustre général qui venait de s'immortaliser à Lépante, autant par le courage que par les talents militaires qu'il avait déployés dans ce mémorable combat naval.

— Seigneur Jésus !... ayez pitié de moi...

En proférant ce cri, Capello se laisse cheoir sur un siége, et se voile la face de ses deux mains.

Profondément affligé à la vue d'une pareille douleur, Sébastien Vénier promène un instant des regards attendris sur l'infortuné vieillard ; puis, bientôt après, craignant de faiblir à la tâche que lui impose son redoutable ministère ainsi que la politique implacable de cette aristocratie dont il est chargé de maintenir les priviléges, il replace son masque et quitte ce lieu, abandonnant Capello à l'amertume de ses pensées...

CHAPITRE V.

Le désolant tableau que celui d'un vieillard vénérable qui voit s'évanouir tout ensemble, et sa croyance en une fille chérie et le bonheur qu'il rêvait pour elle !...

Au bruit que fit la tapisserie retombant sur les pas de l'inquisiteur, Bartholoméo Capello comprit que celui-ci l'avait quitté.

Alors il se livra une lutte violente entre sa sensibilité et les préjugés de sa caste.

A la fin, les errements nobiliaires dans lesquels il avait été élevé, ces atroces maximes qui faisaient loi parmi les grands de Venise, étouffèrent jusqu'à la voix du sang criant au fond de ses entrailles.

Dès qu'il eut essuyé du revers de sa main les larmes qui coulaient le long de ses joues basanées, larmes muettes, larmes brûlantes de désespoir et d'indignation, son visage d'ordinaire si placide, s'éclaira d'un feu sombre et sa bouche murmura ces mots :

— Elle est coupable, elle expiera sa faute !... j'obéirai !...

Aussitôt, s'étant levé, il se dirigea lentement vers l'appartement où les siens l'attendaient.

La défaillance de dona Eléonora ne fut que de courte durée.

Aux caresses de Vittorio, aux soins empressés de Bianca, l'orgueilleuse épouse de Bartholoméo Capello a vite recouvré ses esprits; cependant, nul des trois n'a eu l'idée d'invoquer l'aide de quelque suivante, car la terreur qu'inspire l'aspect d'un inquisiteur d'Etat est telle qu'aucune de ses femmes ne se serait présentée pour assister dona Éléonora.

La première émotion dissipée, ils restèrent pensifs, comptant silencieusement les minutes qui s'écoulaient, se perdant en conjectures sur le long entretien qui avait lieu entre le chef de leur famille et son mystérieux visiteur. Certes, disons-le : Bianca ne se doutait guère que ce fût d'elle qu'on s'occupât; Vittorio ne pensait pas qu'il se préparât pour sa sœur bien aimée un avenir aussi néfaste; et la marâtre, elle-même, était loin de s'imaginer qu'elle fût si près de voir se réaliser les projets que depuis longtemps elle avait conçus à l'encontre de sa belle-fille... — Donc, ils ne disaient mot...

A l'arrivée de Bartholoméo Capello, tous trois ils tressaillirent de crainte et changèrent de couleur.

Effectivement, le vieillard était fort pâle, soit que la scène qui venait de se passer l'eût profondément impressionné, soit qu'il gémît dans son for intérieur du destin qui menaçait sa fille, soit qu'il fût vivement troublé à l'idée de ce droit terrible qu'il présumait lui avoir été conféré par Dieu, comme père : le droit de justicier sur ses enfants.

Vittorio se presse instinctivement contre sa mère; Bianca baisse les yeux, mue par de vagues appréhensions; pour ce qui est d'Éléonora, elle attend, hésitant à questionner son époux en présence de ses enfants parce qu'elle tient à affecter devant eux autant de dignité que d'assurance.

— Mon fils, l'heure est venue de vous livrer au repos, dit le vieillard en s'adressant à Vittorio; — par ainsi, retirez-vous en votre chambre... Allez!...

Après avoir embrassé sa mère, l'enfant s'agenouille près de son père, afin de recevoir sa bénédiction de chaque soir; ensuite, Bartholoméo s'étant baissé, le baisa au front en disant d'un ton solennel :

— Sauveur des hommes, qui êtes mort pour nous sur la croix, conservez-moi mon fils!... Faites-en un bon citoyen, et inspirez lui la ferme volonté de rester digne du nom qu'il porte!...

— Amen! reprit Vittorio, en se relevant; puis, il sortit en lançant du regard un adieu à sa sœur.

Tandis que Capello prononçait ces paroles: « *Donnez-lui la force de rester digne du nom qu'il porte,* » involontairement sa voix trembla et ses yeux se dirigèrent sur sa fille avec une expression de sévérité frappante. Or, Bianca ayant saisi ces indices, elle sentit un froid lui glacer l'âme : elle eut comme peur; néanmoins, attendu qu'elle n'entrevoyait aucun motif à ses alarmes, elle essaya d'abord de cacher son trouble; ensuite, aussitôt après le départ de son frère, s'étant approchée du vieillard, à son tour elle lui demanda sa bénédiction. Mais lui, étendant le bras pour s'opposer à ses embrassements et détournant la vue :

— Quand vous serez en votre oratoire, lui dit-il, d'une voix concentrée, demandez à Dieu qu'il vous pardonne vos fautes et qu'il nous accorde, à vous de vous résigner, à moi de pouvoir oublier...

— Mon père! mon père! s'écrie Bianca éperdue,... en quoi suis-je coupable, et qu'ai-je fait pour mériter votre colère?...

—Ce n'est pas le moment de vous justifier, Bianca... Plaise au Ciel que vous le puissiez quand vous y serez invitée...

—Qu'entends-je!... Vous aussi, mon père, vous rangeriez-vous contre moi?... Hélas! le bonheur de votre fille serait-il donc détruit à jamais?...

Sans ajouter un mot de plus Bianca sortit du salon en étouffant ses sanglots.

— Chère sœur! lui demanda Vittorio qui l'attendait en dehors, et se mit à presser ses mains dans les siennes : d'où proviennent ces pleurs? Serait-ce par hasard le vilain homme violet qui aurait indisposé papa contre toi?

Voyant qu'elle se borne uniquement à répondre à ses caresses, l'enfant ajoute d'un petit air fanfaron :

— Ah ! qu'il ne revienne plus ici, ou sinon!... C'est que j'ai une dague aussi, moi!...

— Pauvre ami! que peux-tu contre-lui?... dit Bianca, touchée de voir tant d'amitié chez son jeune frère : que peux-tu contre cette autre ennemie, moins puissante, peut-être, mais plus dangereuse encore, dont l'inimitié ne m'accorde ni trève ni relâche!...

— Tu dis vrai, reprend Vittorio en poussant un soupir; mais! j'y songe,... si au lieu de me coucher sur-le-champ, j'allais me mettre en prière pour demander au Ciel qu'il daigne changer les dispositions de maman à ton égard... Papa me répète fréquemment que quand on implore le bon Dieu avec un cœur humble et sincère, il est rare qu'il n'exauce nos vœux...

— Oui, cher ange!... prie pour moi, car tes prières ne sauraient qu'être agréables au

Seigneur; et, vraiment, j'aurais grand besoin qu'il t'entendît!...

Ce disant, Bianca serre Vittorio dans ses bras, puis elle se dirige vers son oratoire.

Agenouillée sur son prie-dieu, absorbée par de ferventes éjaculations vers le souverain dispensateur de toutes les miséricordes, Bianca, dont l'âme était navrée, n'a point entendu le pas d'une personne qui vient de pénétrer jusqu'à elle en s'avançant sur la pointe du pied.

D'abord, on respecta son recueillement; ensuite, une toux factice lâcha deux hum! hum! dont l'intention était facile à saisir...

— C'est toi! que me veux-tu?... demande la jeune femme qui, reconnaissant la voix de sa suivante, se relève et se tourne vers Catharina.

— C'est donc aujourd'hui la journée aux événements, ma bonne maîtresse?... Bah! tous les serviteurs du palais sont encore dans l'épouvante de la brusque apparition de cet inquisiteur d'État;... ils prétendent que c'est un présage de malheur... — En revanche, je suppose, moi, que le billet que je vous remis un peu avant l'arrivée du personnage, nous annonce quelque chose de moins fâcheux...

— Ah! je n'y avais plus songé, dit Bianca, qui se trouve ainsi ramenée sans préparation aucune à un ordre d'idées dont les incidents que nous venons de rapporter ont éloigné son esprit...

En ce moment, son grave et mélancolique visage s'anime comme par enchantement : elle rougit, pâlit, puis, après une minute d'hésitation, elle reprend avec un certain embarras...

— Nous avons eu tort toutes deux en acceptant ce billet, Catharina... Qui sait combien cela peut me compromettre ?... Eh ! ne m'as-tu pas dit que c'est le révérend Fra-Fortunato qui te l'a remis?...

— Effectivement... même qu'il m'a recommandé de vous prévenir qu'il vous voulait beaucoup de bien, quoiqu'il fût obligé d'avoir l'air de prendre le parti de votre belle-mère contre vous....

— Ceci est surprenant! ne serait-ce point un piège que me tendrait ma mortelle ennemie? Comment expliquer l'intervention de ce moine en ma faveur?....— Oh! quel sombre mystère règne autour de moi!... La présence de l'inquisiteur se rapporterait-elle à l'envoi de cette lettre?... Cruelle incertitude! Affreux rapprochement!... — Mais, à quoi donc attribuer le mécontentement subit que m'a témoigné mon père, si ce n'est à la connaissance de cette particularité? Je m'y perds, Catharina.... Voyons, parle, aide-moi, conseille-moi....

— A quoi sert de tant vous chagriner, ma noble maîtresse! — L'arrivée de l'inquisiteur tient, j'en ai la *conviction*, à des raisons d'État qui ne vous concernent nullement, et le courroux du seigneur Capello provient, sans doute, de quelque noirceur que votre marâtre lui aura insinuée contre vous, noirceur dont il vous sera facile de démontrer la fausseté.... Quant à ce qui est du révérend Fra-Fortunato, voici probablement comment il se trouve mêlé à vos affaires : — Le seigneur florentin auquel vous devez la vie et qui, à ce qu'il paraîtrait, se meurt d'amour pour vous, aura remis le billet en question à Joachim, son gondolier, avec prière de vous le faire parvenir secrètement; Joachim est le frère de lait d'Antonio;

ce dernier conduit souvent ici sa Révérence... le reste se devine aisément....

— Mais ce moine, ce moine ! quel peut donc être son but?....

— Mon Dieu! qu'y aurait-il de surprenant à ce qu'il lui répugnât de seconder dona Éléonora dans ses affreuses machinations?.... N'est-il pas naturel qu'il s'intéresse à vous, si belle, si douce, si malheureuse, et qu'on ne saurait voir sans l'aimer, plutôt qu'à votre impérieuse marâtre?

— Tu arranges ceci selon tes désirs, ma bonne Catharina.... Hélas! ne courrais-je point le risque d'être cruellemet désabusée, au cas où je me bercerais de ce chimérique espoir?

— Voulez-vous suivre mes conseils?.... dit alors la suivante qui s'était enhardie en s'apercevant qu'on prêtait volontiers l'oreille à ses suggestions....

— Eh bien!.... je t'écoute, reprit Bianca, visiblement ébranlée....

— Imposez silence à vos frayeurs ; acceptez avec confiance un secours sur lequel vous n'osiez compter, secours que vous devez peut-être à la providence, et prenez connaissance de ce que vous écrit le comte Salviati ; car si vous ne lisez pas sa lettre vous ne saurez jamais ce qu'il attend de vous....

—Que dis-tu?.... A la seule pensée de briser ce pli, tout mon corps frissonne d'émoi... N'est-ce point une imprudence?... Quelle opinion aurait de moi le comte de Salviati, lui-même, s'il savait que j'ai seulement décacheté sa missive.... Et mon père, mon père! oserais-je bien, après cela, soutenir ses regards?....

— Ma foi! si vous ne vous sentez d'énergie que pour la souffrance, il vous faudra vous soumettre sans murmurer aux desseins de dona Éléonora...

A cette excitation détournée, Bianca parut réfléchir. Malgré que sa pudeur fût aux abois, elle résisterait encore... —Enfin, le billet est retiré de la place où il était conservé, et le cachet est rompu d'une main tremblante. Mais, à peine la jeune praticienne a-t-elle parcouru rapidement des yeux quelques lignes de l'épître, qu'aussitôt elle s'écrie dans une agitation inexprimable :

— Ciel! qu'exige-t-il de moi?... Oh! je

mourrais de honte, si j'étais assez faible pour céder à ses vœux !...

— Qu'est-ce ? fit Catharina... Que vous demande-t-il de si extraordinaire ?....

— Tiens, lis toi-même, et vois à quel point le comte Salviati s'écarte du respect qu'il me doit répond, Bianca en tendant la lettre à sa suivante.

Celle-ci lut, puis ajouta :

— Un rendez-vous !.... Y a-t-il donc de quoi tant vous récrier ?... Parbleu ! depuis tantôt quatre grands mois que ce brave seigneur soupire à distance, il serait temps qu'il s'expliquât, m'est avis... Au reste, puisqu'il n'est point en son pouvoir de s'approcher de vous, attendu qu'on vous tient renfermée comme en une prison d'état ou en un sérail, ne serait-il pas juste que vous lui en fournissiez l'occasion une fois pour toutes... Au moins, vous seriez fixée sur ses intentions...

— Es-tu folle ? s'écrie Bianca au comble de l'égarement ; ma dignité, ma vertu, ma propre considération, les compterais-tu pour si peu que de les vouloir exposer avec une aussi coupable légèreté ?

— Qui le saurait?... Vous et lui, voilà tout...

— Tais-toi! tais-toi!.... je te l'ordonne, et cesse de me tenter....

— Sur ma part de paradis! vous êtes la seule personne à qui j'aie confié qu'une clé de la petite porte dérobée conduisant hors du palais soit en ma possession, réplique Catharina.

— Va-t-en, malheureuse! et abandonne-moi à mes chagrins....—En vérité, quand tu serais gagnée à la cause de ma belle-mère, tu ne me tiendrais pas un autre langage!....

— Oh! madame,... exclame la suivante d'un air de reproche ; douter de ma fidélité, tandis qu'il n'est pas de tourment que je ne voulusse endurer rien que pour vous savoir heureuse!... Je ne méritais pas un semblable affront!...

— Pardon, Catharina, réplique Bianca d'un ton plus bienveillant : puis-je, en cette occurrence, rester maîtresse de mes impressions, et tout ceci n'est-il pas de nature à troubler ma raison?... Retire-toi, je t'en prie, et laisse-moi, car je sens le besoin de me recueillir...

— Je me conformerai à vos ordres, madame... Toutefois, comme il serait mal à moi de m'éloigner alors que vous êtes plongée en une telle agitation, j'aurai soin de me tenir à proximité afin de pouvoir reparaître à votre premier appel....

La suivante sortit.

Lorsque Bianca et Vittorio eurent quitté le salon, Bartholoméo Capello et son épouse étaient restés en tête-à-tête.

D'abord, il y eut entre eux un silence expressif : lui, ne sachant par où commencer sa pénible confidence, gardait une contenance abattue; elle, craignant que la joie du triomphe ne perçât à travers ses questions, se tenait prudemment sur la réserve. — Enfin, ne pouvant contenir davantage son impatience, dona Éléonora prend la parole d'un ton de tendre sollicitude.

— Ne jugerez-vous pas à propos, mon ami de m'admettre en tiers dans vos secrets?... Vous paraissez accablé de souffrance!...Qu'est venu faire ici cet inquisiteur?.... Quelque malheur imprévu nous menacerait-il? Parlez

Bartholoméo, ou bien vous me feriez croire que vous doutez de mon attachement....

— Réjouissez-vous, madame, répond Capello, qui ne s'abusait point sur cette feinte douceur ; autant j'ai sujet de gémir, autant vous en avez d'être satisfaite....

— Bartholoméo! répliqua-t-elle vivement, vous me faites une sanglante injure.... Depuis quand nos intérêts sont-ils tellement divisés que ce qui vous peine me soit agréable?.... Détrompez-vous, cher ami, car je suis toute prête à m'associer à vos chagrins....

— Hélas! j'en doute, madame, répond le vieillard, brisé par la souffrance.

Ici il y eut une pause, après quoi Bartholoméo ajouta :

— Quoiqu'il en soit, apprenez qu'avant peu ma fille aura dû choisir entre un couvent et le doge...

— Quoi! s'écrie Éléonora dont, à cette funeste nouvelle, le contentement fit explosion : vous seriez-vous enfin décidé à prendre un parti ?....

— Ah! dit le vieillard avec amertume,... me trompais-je, madame, en soutenant que ce qui m'est une cause d'affliction mortelle, vous est une cause de joie! Veuille le Ciel que vous n'ayez travaillé autrement à mon infortune que par des souhaits!

— Bartholoméo, vous et moi sommes excusables, chacun à notre point de vue; ne nous querellons donc pas pour si peu....

— Pour si peu, madame! le plus affreux malheur qui m'ait frappé depuis la mort d'une épouse chérie....

— Mon Dieu! si je voulais imiter votre manque de courtoisie, je vous répondrais, moi, qu'une telle détermination de votre part est le plus grand bonheur que le ciel m'ait envoyé depuis qu'il me donna un fils; mais ce n'est point de cela dont s'agit.

— Assez, madame, assez! brisons sur ce chapitre, s'il vous plaît....

— Volontiers, d'autant plus qu'il me tarde d'apprendre ce qui nous a valu la visite de l'inquisiteur d'État.... Vous n'êtes pas un conspirateur, vous, Bartholoméo, n'est-il pas vrai? encore moins un criminel, que je pense?...

— J'ai eu pourtant de grands torts aux yeux de la noblesse, Éléonora: — l'un, d'abord, d'aimer indistinctement mes semblables, qu'ils soient nobles ou plébéiens; — l'autre, ensuite, de porter un amour égal aux deux enfants dont je suis père....

— Toujours cette vieille histoire!.... terminons-en, de grâce!

— Il se fait tard, madame, et je craindrais de ne pouvoir résister à un long entretien;... à demain donc les détails de mon entrevue avec l'inquisiteur d'État; seulement, comme il y aurait de la cruauté de ma part à mettre votre curiosité à une épreuve trop prolongée, sachez qu'à partir d'aujourd'hui je dois cesser de contrecarrer vos vues ambitieuses...

— Se pourrait-il, Bartholoméo que vous me donniez cette satisfaction? Oh! merci pour moi, merci pour mon fils, auquel vous pourrez préparer, ainsi, un brillant avenir! s'écria l'orgueilleuse Éléonora dont les yeux pétillaient de l'enivrement du succès...

— En sera-t-il plus heureux pour cela? demanda presque involontairement le vieillard en dirigeant son regard vers le Ciel...

— Tenez Bartholoméo, je ne tiens pas à être informée de ce qui vous aurait inspiré une telle résolution. Que m'importe! en effet, puisque le résultat est obtenu... Aussi, loin de moi l'idée de vous chicaner sur vos opinions; mais, en revanche, laissez-moi me féliciter de ce changement tant désiré...

— A votre aise, madame... Je disais donc qu'à partir de ce jour, on me verrait, comme au temps de ma jeunesse, briguer les suffrages de nos Patriciens et viser aux emplois, voire aux premières charges de la République...

— Bravo, Capello! bravo, mon vaillant époux! ah! c'est précisément parce que vos talents et vos mérites n'ont point été récompensés comme ils auraient dû l'être, qu'il serait beau à vous de vouloir vous venger de cet oubli par de nouveaux services... La patrie n'est pas toujours ingrate, croyez-le bien, et, pour preuve de ce que j'avance, permettez-moi de vous citer l'exemple de cet Antonio Grimani, mon aïeul, qu'on rappela de l'exil pour l'élever à la dignité de Doge...

— Les nobles eurent besoin de lui, madame...

— Eh bien! ne peuvent-ils pas avoir besoin de vous, aussi? Votre fortune, vos alliances, votre dévouement à la République, vous donnent le droit d'aspirer à tout... Songez à la gloire qui rejaillirait sur votre maison, au cas où vous deviendriez le chef du gouvernement de Venise...

— Convenez, avec moi, que vous vous estimeriez bien heureuse de porter la couronne ducale, d'avoir des estaffiers, des gondoliers en livrée, d'être dispensée des lois somptuaires ainsi que votre fils, n'est-il pas vrai, madame?

Sur cette apostrophe, le vieillard s'étant aperçu que l'aiguille de la pendule marquait dix heures, il se disposait à quitter l'appartement lorsqu'Éléonora se hâta de reprendre d'un ton enjoué :

— Dieu! que vous êtes mauvais Bartholoméo...Qui vous presse de vous éloigner sitôt!.. Laissez-moi vous le répéter encore une fois : c'est pour vous, pour mon Vittorio, pour ma famille, que j'ai de l'ambition... Vous le savez bien, au reste... Pourquoi donc m'en railler méchamment?... Voyons, Bartholoméo : troc pour troc, soit un échange de bons procédés entre nous, cela vous conviendrait-il? Vous ne dites mot;... bon! ce silence, que j'interprète à votre avantage, me suffit à la rigueur... En conséquence, attendu que vous me promettez de vous laisser porter aux honneurs, ce qui ne peut qu'être utile à mon fils, de mon côté, je m'engage à travailler efficacement au mariage de votre fille avec le Doge actuel, ce qui lui vaudra mieux que de s'enfermer en un cloître, à cette pauvre chère enfant !...

Ceci fut prononcé par la patricienne d'un ton aigre-doux tellement tranché, que Bartholoméo ne put s'empêcher de chercher à démêler sur la physionomie de son épouse la pensée qui lui avait dicté ces paroles ; mais, ayant surpris sur ses lèvres un mélange expressif de fiel et de jalousie, un éclair traversa instantanément son cerveau :

— Madame, répond le vieillard en dissimulant l'impression qu'il éprouve : j'accepte de grand cœur vos bons offices pour ma fille, et malgré que l'intérêt que vous lui témoignez soit un peu tardif, ma gratitude n'en sera pas moins vive pour cela... Néanmoins, puisque nous en sommes venus à nous entretenir de Bianca, auriez-vous l'obligeance de me dire si vous avez eu déjà occasion de remarquer avec quelle persistance l'étranger qui lui sauva la vie s'attache à suivre ses pas dès quelle sort du palais ?

Troublée par le regard scrutateur de son époux, craignant que celui-ci n'en sût davantage qu'il ne feignait d'en savoir, Éléonora reprend avec autant d'embarras que de dépit :

— Elle est si belle, votre Bianca, qu'on aurait fort à faire si on voulait tenir note de tous les galants à qui ses charmes ont tourné la tête!...

Dédaignant de relever cette grossière épigramme, Bartholoméo poursuit :

— L'événement auquel je fais allusion ici, c'est-à-dire le danger que courut ma fille le jour du Vendredi-Saint dernier, ayant eu lieu pendant que j'étais en mission à Udine, vous daignâtes m'en instruire dès mon retour, répliqua froidement Capello... — Autant que ma mémoire me le rappelle, il me semble que vous m'assurâtes, à cette époque, ne pas connaître le jeune homme dont il est question; vous ajoutâtes, même, qu'il s'était soustrait par une prompte fuite aux témoignages de votre reconnaissance, aussitôt qu'il eut remis Bianca aux mains de ses femmes... Depuis lors, n'avez-vous rien appris sur son compte, madame?...

— Le fait dont vous parlez, réplique Eléonora avec un faux semblant d'indifférence, n'ayant acquis de l'importance à mes yeux qu'à cause du péril auquel votre fille s'était trouvé exposée, je ne me suis plus occupée de l'étranger qu'un pur hasard, sans doute, avait conduit près de Bianca au moment du sinistre... Pourtant, je ne vous cacherai pas que j'ai comme un souvenir confus d'avoir entendu dire (par qui? je l'ignore) que ce jeune homme était de Florence et, qui plus est, une espèce d'intendant, l'homme d'affaires du comte Salviati....

— Quoi! vous ne jugeâtes pas à propos de me communiquer en temps opportun de tels renseignements, madame, non plus que vos remarques sur les menées hardies de cet audacieux....

— Mon Dieu! Capello, vous me reprochez si bénévolement, en toute rencontre, d'être hostile à votre fille, que j'aurais craint, en vous faisant part de mes soupçons à ce sujet, de vous les voir attribuer à un mauvais vouloir....

— Ainsi, vous avez préféré laisser Bianca exposée à des poursuites compromettantes, plutôt que de m'ouvrir les yeux sur cette intrigue funeste....

— Mais, objecte Éléonora, c'était à vous, le père de Bianca, et non à moi qui ne lui suis rien, de surveiller ses amoureux... S'il y a quelqu'un de fautif en ceci, ce n'est pas moi assurément !... Aussi, je m'en lave les mains...

— Vous le voyez bien, Éléonora, reprend le vieillard d'une voix dolente, car à cette marque d'insensibilité ses soupçons s'étaient changés en certitude ; vous le voyez bien, malgré vos belles protestations, nos intérêts n'en sont pas moins séparés par un abîme, et rien ne saurait amollir votre âme de bronze !!!...

L'imputation était si directe et si méritée, que l'altière Grimani finit enfin par perdre patience :

— Ah ça ! s'écrie-t-elle d'un accent où dominait l'âcreté de son caractère ; que signifie le rôle lugubre que vous jouez avec moi ce soir ? Est-ce un interrogatoire en règle que vous me faites subir ?... Où voulez-vous en venir ?... Expliquez-vous nettement, Bartholoméo, je l'exige !...

— Vous exigez que je m'explique, madame,

s'écrie à son tour Bartholoméo Capello en qui la colère, l'indignation, le mépris, la douleur même, ont enfin suscité une énergie fiévreuse; — eh bien! écoutez-moi!... Si ma fille est perdue à jamais, soit qu'il lui faille contracter un hymen disparate avec un octogénaire, soit qu'on la condamne à se consacrer aux autels, c'est vous que j'en dois accuser : vous le principal auteur de ses maux!... M'avez-vous compris à cette heure? Me suis-je exprimé assez clairement, ou bien me faudra-t-il vous dire qu'à l'avenir il ne saurait exister d'autres rapports entre nous deux, que ceux qui auraient trait à Vittorio notre enfant?...

— Quel malheur! échappa-t-il d'un ton railleur à Éléonora, tandis qu'elle haussait les épaules d'un air d'insouciance.

— Vous êtes donc tant assurée du succès, madame, que vous ne vous donniez pas même la peine de cacher vos dédains, dit Bartholoméo, dont l'exaspération touchait au paroxisme... — Ah! si vos manœuvres sont à la veille d'aboutir à leurs fins, croyez-le, ce n'est pas à une coupable faiblesse de ma part que vous le devez, mais au malheur que j'ai d'appartenir à cette caste impitoyable et hautaine qui se serait levée comme un seul homme pour vous soutenir contre moi... Vous triomphez et j'aurai à m'humilier devant vous : soit! Cependant, ne vous méprenez pas sur une telle mansuétude... elle est forcée, voyez-vous! et si jamais j'arrivais malgré moi, à ce haut degré d'élévation où tend votre insatiable orgueil, alors, alors! vous me verriez changer de système;... je ne serais pas un Doge pour rire, madame!....

A ce moment, la voix de Bartholoméo qui s'était animé peu à peu, devint éclatante, menaçante même; il poursuivit :

— Oui, j'en prends le Christ à témoin! malgré ma vieillesse, je les voudrais mater, ces nobles insolents qui ne rêvent que despotisme ou débauche... Ce Décemvirat qui s'arroge le droit de violenter les sentiments du cœur, de diviser les familles, d'imposer des unions ridicules, de ravir les filles à leurs pères; ce tribunal occulte dont le bras frappe sans cesse et toujours dans l'ombre, à cause qu'il a pour maxime *que ceux-là sont vraiment à craindre qui ne craignent pas les gens qui les gouvernent;* ce conseil ténébreux dont l'influence maudite plane, comme une épée sanglante sur la tête des plus vertueux citoyens de la République : j'en jure Dieu ! je le voudrais anéantir, madame !...— Ah ! vous désirez me voir Doge !... redoutez au contraire, que je ne le devienne ; et, si Marino Faliero essaya jadis une révolution pour venger une simple offense, que n'oserais-je tenter, moi qu'on a contraint à devenir votre époux ! moi, qu'on aurait privé de sa fille ! moi dont on aurait empoisonné l'existence !... — Je vous le répète, Éléonora : tremblez que vos projets insensés ne se réalisent, car il en pourrait résulter de terribles conséquences ! car vous et votre fils seriez infailliblement entraînés dans ma ruine au cas où le ciel ne protégerait pas mes efforts !...— Songez-y, madame !...

A ces mots, s'étant dirigé d'un pas ferme vers la porte de l'appartement, Bartholoméo Capello souleva la tenture et sortit, laissant dona Éléonora autant irritée qu'effrayée de ses menaces.

Or, à peine le vieillard a-t-il mis le pied sur l'escalier, qu'il se rencontre face à face avec le moine dont Catharina guidait la marche à travers les détours du palais.

— Ah! ah! c'est vous, mon révérend, dit-il en faisant un geste de surprise, qu'il ne peut contenir; eh! serait-ce une indiscrétion que de m'informer du motif qui vous amène ici à pareille heure?

— Seigneur, répond Fra-Fortunato, les mains humblement croisées sur la poitrine; votre noble épouse m'ayant chargé d'adresser quelques exhortations à dona Bianca, j'ai cru devoir me rendre sans nul retard à son invitation expresse...

— Touchante précaution!... Cela seul suffirait à dissiper mes doutes, s'il m'en pouvait rester encore à l'esprit, murmure le vieillard.

Ensuite, il ajoute tout haut :

— J'approuve fort ce zèle, mon révérend; aussi bien vous prierais-je de transmettre à ma fille une décision dont il me serait pénible d'avoir à l'informer moi-même... Veuillez lui annoncer que le moment approche où elle devra opter entre son mariage avec le Doge et le couvent *delle Virgini*....

— Je vais me conformer immédiatement à votre recommandation, seigneur Capello...

— Ayez soin de lui dire, en outre, qu'au cas où, après avoir interrogé sa conscience, elle croirait n'avoir rien à se reprocher, mon affection lui serait encore acquise tout entière... Allez, mon révérend...

— Je profiterai donc sur-le-champ de votre autorisation, seigneur, reprit le moine en s'inclinant très-bas.

Ils se séparèrent.

FIN DU TOME PREMIER.

www.ingramcontent.com/pod-product-compliance
Ingram Content Group UK Ltd.
Pitfield, Milton Keynes, MK11 3LW, UK
UKHW021105290826
14628UKWH00014B/772

9 782013 064149